且读

05

沈从文

文学精读

汪曾祺 编

浙江人民出版社

图书在版编目（CIP）数据

文学精读．沈从文 / 汪曾祺编．—杭州：浙江人民出版社，2018.6（2022.8重印）

ISBN 978-7-213-08769-1

Ⅰ．①文… Ⅱ．①汪… Ⅲ．①中国文学-现代文学-作品综合集 Ⅳ．①I211

中国版本图书馆CIP数据核字(2018)第108705号

文学精读·沈从文

汪曾祺 编

出版发行：浙江人民出版社（杭州市体育场路347号 邮编 310006）
市场部电话：(0571)85061682 85176516

责任编辑：余慧琴
责任校对：朱 妍
责任印务：陈 峰
封面设计：观止堂_未氓
电脑制版：杭州天一图文制作有限公司
印 刷：杭州富春印务有限公司
开 本：880毫米×1230毫米 1/32 印 张：6.875
字 数：133千字 插 页：2
版 次：2018年6月第1版 印 次：2022年8月第5次印刷
书 号：ISBN 978-7-213-08769-1
定 价：36.00元

笑眯眯的沈从文

1 | 3
2

❶ 1980年7月4日，北京寓所内

❷ 1981年4月，在长沙湖南宾馆（亚蓉摄）

❸ 1981年，和夫人张兆和在广州

1 | 2

❶ 1981年，沈从文在北京伏案写作
❷ 沈从文手迹

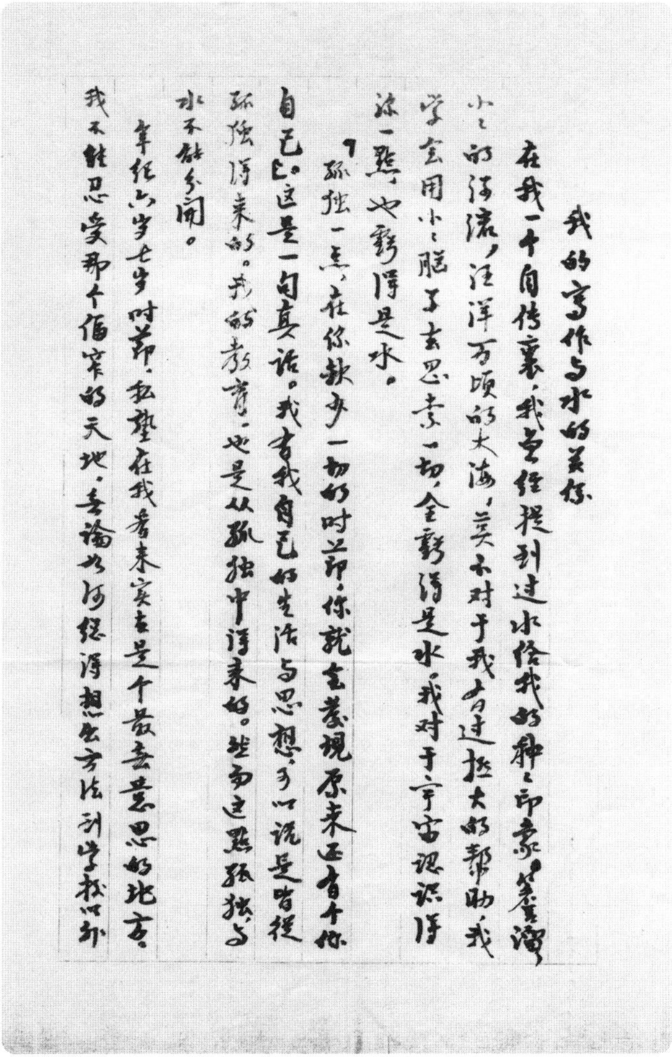

我的写作与水的关系

在我一个自传里，我曾经提到过水给我的种种印象。簷溜，小小的河流，汪洋万顷的大海，莫不对于我有过极大的帮助。我学会用小小脑子去思索一切，全亏得是水。我对于宇宙认识得深一点，也亏得是水。

"孤独一点，在你缺少一切的时节，你就会发现原来还有个你自己。"这是一句真话。我有我自己的生活与思想，可以说是皆从孤独得来的。我的教育，也是从孤独中得来的。然而这点孤独，与水不能分开。

年纪六岁七岁时节，私塾在我看来实在是个最无意思的地方。我不能忍受那个逼窄的天地，无论如何总得想出方法到学校以外

目录

前　言

沈从文是现代中国文学的大师。

他的一生很富于传奇性。

他是凤凰人。凤凰是湘西（湖南西部）一个偏僻边远的小城。小城风景秀美、人情淳朴，但是地方很落后野蛮。统治小城的是地方的驻军，他们把杀人不当回事。有时一次杀五十人，到处挂的都是人头。有时队伍“清乡”（下乡捉土匪），回来时会有孩子用小扁担挑着两颗人头。这人头也许是他叔父的，也许就是他父亲的。沈先生就在这小城里过了十几年“痛苦怕人”的生活。

沈先生有少数民族血统。《从文自传》里说：“祖父本无子息，祖母为住乡下的叔父沈洪芳娶了个苗族姑娘，生了两个儿子，把老二过房做儿子。”这个苗族女人实是沈先生的祖母。沈先生说：“我照血统说，有一部分应属于苗族。”后来沈先生在填写履历表时，在“民族”一栏里填的就是苗族。

也许正是因为他有少数民族血统，对他的成长产生了很大的影响：身体虽然瘦小，性格却极顽强。

沈先生从小当兵，在沅水边走过很多地方。

五四运动的浪潮波及湘西，沈从文受到民主、自由思想的影响，他想：不成！不能就这样糊里糊涂地活下去。于是一个人冒冒失失地闯进了北京（当时叫北平）。

他小学都没有毕业，连标点符号都不会，就想用一支笔打出一个天下。他住在酉西会馆（清代以前，各地在北京都有“会馆”，免费供进京应试的举子居住），经常为找点东西“消化消化”而发愁。北京冬天很冷（冷到零下二十几摄氏度），沈先生却穿着很单薄的衣裳过冬。没有钱买煤，生不起火，沈先生就用棉被裹着，坚持写作。（你们大概很难想象这种滋味！）

他真的用一支笔打出了天下。从20世纪20年代初到40年代末，他写出了几十本小说和散文，成了当时在青年中最受欢迎的作家之一。

沈从文热爱家乡，五百里长的沅水两岸的山山水水，在他的笔下是那样秀美鲜明，使人难忘。

他爱家乡人，他爱各种善良真实的人。他从审美的角度看家乡人，并不用世俗的道德观念对他们苛求责备。他说他对农民和士兵怀了“不可言说的温爱”。他写水边的妓女，写多情的水手。他特别擅长写天真、美丽、聪明、纯洁的农村少女，创造了一系列农村少女的形象：三三、翠翠、夭夭、萧萧……

他的叙述方法是多样的，试验过多种结构式样。可以全篇用对话组成，也可以一句对话也没有。

他是一个文体家。他的语言是很独特的，基本上用的是以普通话为基础的口语，但是掺杂了文言文和方言。他说他的文字是“文白夹杂”。但是看起来很顺畅，并不别扭。有的评论家说这是“沈从文体”。这种“沈从文体”影响了很多青年作家。

一九四九年以后，沈先生忽然停止了写作，转而从事文物研究。他在文物研究上取得了很大的成绩，出了好几本书。于是我们得到一个优秀的物质文化史专家，却失去了一个无与伦比的天才的伟大作家。[①]

汪曾祺

一九九四年七月

① 关于沈先生的转业，我曾写过一篇《沈从文转业之谜》，可参看。

边　城

【题解】

“边城”是边远、偏僻的小城。这里的县治在镇筸，亦称凤凰厅，所以沈先生在履历表上“籍贯”一栏里填的是“湖南凤凰”。有的作家（如施蛰存先生）称沈先生为“沈凤凰”——以地名作为称呼，表示对这人的倾倒尊敬，这是中国过去的习惯。《边城》所写的小城，地名叫做“茶峒”。

“边城”不只是一个地理概念，它表示这地方离开大城市，离开现代文明都很远。离开知识分子很远，离开当时文学风尚也很远。沈先生当时的文学界“为一些理论家、批评家、聪明出版家，以及习惯于说谎造谣的文坛消息家，同力协作造成一种习气所控制，所支配，他们的生活，同时又实在与这个作品所提到的世界相去太远了。——他们不需要这种作品，这本书也就并不希望得到他们”。沈从文是有意识地和这一些不沾边的。

但是沈先生并不抛弃所有的读者。“我这本书只预备给一些

'本身已离开了学校，或始终就无从接近学校；还认识些中国文字，置身于文学理论、文学批评以及说谎造谣消息所达不到的那种职务上，在那个社会里生活，而且极关心全民族在空间与时间下所有的好处与坏处'的人去看。他们真知道当前农村是什么，想知道过去农村有什么，他们必也愿意从这本书上同时还知道点世界一小角隅的农村与军人。我所写到的世界，即或在他们全然是一个陌生的世界，然而他们的宽容，他们向一本书去求取安慰与知识的热忱，却一定使他们能够把这本书很从容读下去的。"

"我的读者应是有理性，而这点理性便基于对中国现社会变动有所关心，认识这个民族的过去伟大处与目前落后处，各在那里很寂寞的从事于民族复兴大业的人。这作品或者只能给他们一点怀古的幽情，或者只能给他们一次苦笑，或者又将给他们一个噩梦，但同时说不定，也许尚能给他们一种勇气同信心！"

这是理解《边城》的一把钥匙，也是理解沈老其他作品的钥匙。

希望大家能从《边城》感受、了解他们完全不熟悉的另一世界生活，并且从这部小说里得到一种面对生活的勇气与信心。

【文本】

一

由四川过湖南去，靠东有一条官路。这官路将近湘西边境到了一个地方名为“茶峒”[①]的小山城时，有一小溪，溪边有座白色小塔，塔下住了一户单独的人家。这人家只一个老人，一个女孩子，一只黄狗。

小溪流下去，绕山岨流，约三里便汇入茶峒大河，人若过溪越小山走去，则只一里路就到了茶峒城边。溪流如弓背，山路如弓弦，故远近有了小小差异。小溪宽约二十丈，河床为大片石头做成。静静的河水即或深到一篙不能落底，却依然清澈透明，河中游鱼来去皆可以计数。小溪既为川、湘来往孔道，水常有涨落，限于财力不能搭桥，就安排了一只方头渡船。这渡船一次连人带马，约可以载二十位搭客过河，人数多时则反复来去。渡船头竖了一支小小竹竿，挂着一个可以活动的铁环，溪岸两端水槽牵了一段废缆，有人过渡时，把铁环挂在废缆上，船上人就引手攀缘那条缆索，慢慢地牵船过对岸去。船将拢岸时，管理这渡船的，一面口中嚷着“慢点慢点”，自己霍地跃上了岸，拉着铁环，于是人货牛马全上了岸，翻过小山不见了。渡头为公家所有，故过渡人不必出钱；有人心中不安，抓了一把钱掷到船板上时，管渡船的必为一一拾起，依然塞到那人手心里去，俨然吵嘴时的认真神气：“我有了口粮，三斗米，七百钱，够了！谁要这个！”

但不成，凡事求个心安理得，出气力不受酬谁好意思，不

① 茶峒：峒，音“洞”。部分少数民族如苗族、侗族、壮族聚居地区的泛称。茶峒因为沈从文小说《边城》出了名，而许多人又不认识这个“峒”字，现在有人干脆把“茶峒”写成了“茶洞”。

管如何还是有人把钱的。管船人却情不过，也为了心安起见，便把这些钱托人到茶峒去买茶叶和草烟，将茶峒出产的上等草烟，一扎一扎挂在自己腰带边，过渡的谁需要这东西必慷慨奉赠。有时从神气上估计那远路人对于身边草烟引起了相当的注意时，便把一小束草烟扎到那人包袱上去，一面说："不吸这个吗，这好的，这妙的，味道蛮好，送人也合式！"茶叶则在六月里放进大缸里去，用开水泡好，给过路人解渴。

管理这渡船的，就是住在塔下的那个老人。活了七十年，从二十岁起便守在这小溪边，五十年来不知把船来去渡了若干人。年纪虽那么老了，本来应当休息了，但天不许他休息，他仿佛便不能够同这一份生活离开。他从不思索自己职务对于本人的意义，只是静静的很忠实的在那里活下去。代替了天，使他在日头升起时，感到生活的力量，当日头落下时，又不至于思量和日头同时死去的，是那个伴在他身旁的女孩子。他唯一的伙伴为一只渡船与一只黄狗，唯一的亲人便只那个女孩子。

女孩子的母亲，老船夫的独生女，十五年前同一个茶峒军人，很秘密的背着那忠厚爸爸发生了暧昧关系。有了小孩子后，这屯戍兵士便想约了她一同向下游逃去。但从逃走的行为上看来，一个违悖[①]了军人的责任，一个却必得离开孤独的父亲。经过一番考虑后，军人见她无远走勇气，自己也不便毁去做军人的名誉，就心想：一同去生既无法聚首，一同去死当无

① 悖：违反。

人可以阻拦，首先服了毒。女的却关心腹中的一块肉，不忍心，拿不出主张。事情业已为作渡船夫的父亲知道，父亲却不加上一个有分量的字眼儿，只作为并不听到过这事情一样，仍然把日子很平静地过下去。女儿一面怀了羞惭一面却怀了怜悯，仍守在父亲身边。待到腹中小孩生下后，却到溪边吃了许多冷水死去了。在一种近于奇迹中，这遗孤居然已长大成人，一转眼间便十三岁了。为了住处两山多篁竹，翠色逼人而来，老船夫随便给这个可怜的孤雏拾取了一个近身的名字，叫作“翠翠”。

翠翠在风日里长养着，把皮肤变得黑黑的，触目为青山绿水，一对眸子清明如水晶。自然既长养她且教育她，为人天真活泼，处处俨然如一只小兽物。人又那么乖，如山头黄麂[①]一样，从不想到残忍事情，从不发愁，从不动气。平时在渡船上遇陌生人对她有所注意时，便把光光的眼睛瞅着那陌生人，做成随时皆可举步逃入深山的神气，但明白了人无机心后，就又从从容容地在水边玩耍了。

老船夫不论晴雨，必守在船头，有人过渡时，便略弯着腰，两手缘引了竹缆，把船横渡过小溪。有时疲倦了，躺在临溪大石上睡着了，人在隔岸招手喊过渡，翠翠不让祖父起身，就跳下船去，很敏捷的替祖父把路人渡过溪，一切皆溜刷在行，从不误事。有时又和祖父、黄狗一同在船上，过渡时与祖

① 黄麂：小型鹿类动物。

父一同动手，船将近岸边，祖父正向客人招呼“慢点，慢点”时，那只黄狗便口衔绳子，最先一跃而上，且俨然懂得如何方为尽职似的，把船绳紧衔着拖船拢岸。茶峒附近村子里的人不仅认识弄渡船的祖孙二人，也对于这只狗充满好感。

风日清和的天气，无人过渡，镇日长闲，祖父同翠翠便坐在门前大岩石上晒太阳。或把一段木头从高处向水中抛去，嗾使身边黄狗自岩石高处跃下，把木头衔回来。或翠翠与黄狗皆张着耳朵，听祖父说些城中多年以前的战争故事。或祖父同翠翠两人，各把小竹做成的竖笛，逗在嘴边吹着迎亲送女的曲子。过渡人来了，老船夫放下了竹管，独自跟到船边去横溪渡人。在岩上的一个，见船开动时，于是锐声喊着：

“爷爷，爷爷，你听我吹，你唱！”

爷爷到溪中央便很快乐地唱起来，哑哑的声音同竹管声振荡在寂静空气里，溪中仿佛也热闹了些。(实则歌声的来复，反而使一切更寂静一些了。)

有时过渡的是从川东过茶峒的小牛，是羊群，是新娘子的花轿，翠翠必争着做渡船夫，站在船头，懒懒地攀引缆索，让船缓缓地过去。牛、羊、花轿上岸后，翠翠必跟着走，站到小山头，目送这些东西走去很远了，方回转船上，把船牵靠近家的岸边；且独自低低地学小羊叫着，学母牛叫着，或采一把野花缚在头上，独自装扮新娘子。

茶峒山城只隔渡头一里路，买油买盐时，逢年过节祖父得喝一杯酒时，祖父不上城，黄狗就伴同翠翠入城里去备办东西。到了卖杂货的铺子里，有大把的粉条，大缸的白糖，有炮仗，有红蜡烛，莫不给翠翠很深的印象，回到祖父身边，总把这些东西说个半天。那里河边还有许多上行船，百十船夫忙着起卸百货，这种船只比起渡船来大得多，有趣味得多，翠翠也不容易忘记。

二

茶峒地方凭水依山筑城，近山的一面，城墙如一条长蛇，缘山爬去。临水一面则在城外河边留出余地设码头，湾泊小小篷船。船下行时运桐油、青盐、染色的棓子。上行则运棉花、棉纱以及布匹、杂货同海味。贯串各个码头有一条河街，人家房子多一半着陆，一半在水，因为余地有限，那些房子莫不设有吊脚楼①。河中涨了春水，到水逐渐进街后，河街上人家，便各用长长的梯子，一端搭在屋檐口，一端搭在城墙上，人人皆骂着嚷着，带了包袱、铺盖、米缸，从梯子上进城里去，水退时方又从城门口出城。某一年水若来得特别猛一些，沿河吊脚楼必有一处两处为大水冲去，大家皆在城上头呆望，受损失的也同样呆望着，对于所受的损失仿佛无话可说，与在自然安排下，眼见其他无可挽救的不幸来时相似。涨水时在城上还可望

① 吊脚楼：房子一半着陆，一半用木柱支撑着，上铺木板，悬空在水面，叫做吊脚楼。

着骤然展宽的河面，流水浩浩荡荡，随同山水从上流浮沉而来的有房子、牛、羊、大树。于是在水势较缓处，税关趸船前面，便常常有人驾了小舢舨，一见河心浮沉而来的是一匹牲畜、一段小木或一只空船，船上有一个妇人或一个小孩哭喊的声音，便急急地把船桨去，在下游一些迎着了那个目的物，把它用长绳系定，再向岸边桨去。这些诚实勇敢的人，也爱利，也仗义，同一般当地人相似。不拘救人救物，却同样在一种愉快冒险行为中，做得十分敏捷勇敢，使人见及不能不为之喝彩。

那条河水便是历史上知名的酉水，新名字叫作白河。白河下游到辰州与沅水汇流后，便略显浑浊，有出山泉水的意思。若溯流而上，则三丈五丈的深潭皆清澈见底。深潭为白日所映照，河底小小白石子，有花纹的玛瑙石子，全看得明明白白。水中游鱼来去，全如浮在空气里。两岸多高山，山中多可以造纸的细竹，长年作深翠颜色，逼人眼目。近水人家多在桃杏花里，春天时只需注意，凡有桃花处必有人家，凡有人家处必可沽酒。夏天则晒晾在日光下耀目的紫花布衣裤[①]，可以作为人家所在的旗帜。秋冬来时，房屋在悬崖上的、滨水的，无不朗然入目。黄泥的墙，乌黑的瓦，位置则永远那么妥帖，且与四周环境极其调和，使人迎面得到的印象，实在非常愉快。一个对于诗歌图画稍有兴味的旅客，在这小河中，蜷伏于一只小船上，作三十天的旅行，必不至于感到厌烦，正因为处处有奇

① 紫花布衣裤：本色的白布，并不是染了紫色图案的布。

迹，自然的大胆处与精巧处，无一处不使人神往倾心。

白河的源流，从四川边境而来，从白河上行的小船，春水发时可以直达川属的秀山。但属于湖南境界的，则茶峒为最后一个水码头。这条河水的河面，在茶峒时虽宽约半里，当秋冬之际水落时，河床流水处还不到二十丈，其余只是一摊青石。小船到此后，既无从上行，故凡川东的进出口货物，皆由这地方落水起岸。出口货物俱由脚夫用杉木扁担压在肩膊上挑抬而来，入口货物也莫不从这地方成束成担的用人力搬去。

这地方城中只驻扎一营由昔年绿营屯丁改编而成的戍兵，及五百家左右的住户。（这些住户中，除了一部分拥有一些山田同油坊，或放账屯油、屯米、屯棉纱的小资本家外，其余多数皆为当年屯戍来此有军籍的人家。）地方还有个厘金局[①]，办事机关在城外河街下面小庙里，经常挂着一面长长的幡信[②]。局长则长住在城中。一营兵士驻扎老参将衙门，除了号兵每天上城吹号玩，使人知道这里还驻有军队以外，其余兵士皆仿佛并不存在。冬天的白日里，到城里去，便只见各处人家门前皆晾晒有衣服同青菜。红薯多带藤悬挂在屋檐下。用棕衣做成的口袋，装满了栗子、榛子和其他硬壳果，也多悬挂在檐口下。屋角隅各处有大小鸡叫着玩着。间或有什么男子，占据在自己屋前门限上锯木，或用斧头劈树，把劈好的柴堆到敞坪里去，一

① 厘金局：旧中国在水陆关卡设立机关征收商业税，叫做收厘金。这些关卡便称为厘金局。

② 幡信：幡是旗帜，可以传令，故称幡信。

座一座如宝塔。又或可以见到几个中年妇人，穿了浆洗得极硬的蓝布衣裳，胸前挂有白布扣花围裙，躬着腰在日光下一面说话一面做事。一切总永远那么静寂，所有的人每个日子都在这种单纯寂寞里过去。一分安静增加了人对于“人事”的思索力，增加了梦，在这小城中生活的，各人也一定皆各在分定一份日子里，怀了对于人事爱憎必然的期待。但这些人想些什么？谁知道！住在城中较高处，门前一站便可以眺望对河以及河中的景致，船来时，远远的就从对河滩上看着无数纤夫，那些纤夫也有从下游地方，带了细点心、洋糖之类，拢岸时却拿进城中来换钱的。船来时，小孩子的想象，应当在那些拉船人一方面。大人呢，孵一巢小鸡，养两只猪，托下行船夫打副金耳环，带两丈官青布，或一坛好酱油，一个双料的美孚灯罩[1]回来，便占去了大部分做主妇的心了。

这小城里虽那么安静和平，但地方既为川东商业交易接头处，因此城外小小河街，情形却不同了一点。也有商人落脚的客店，坐镇不动的理发馆。此外，饭店、杂货铺、油行、盐栈、花衣庄，莫不各有一种地位，装点了这条河街。还有卖船上用的檀木活车、竹缆与罐锅铺子，介绍水手职业吃码头饭的人家。小饭店门前长案上，常有煎得焦黄的鲤鱼豆腐，身上装饰了红辣椒丝，卧在浅口钵头里，钵旁大竹筒中插着大把红筷

① 双料的美孚灯罩：过去中国点灯用煤油。煤油多是美孚洋行进口，于是一般人把点美孚煤油的灯叫做美孚灯。美孚灯上罩的玻璃灯罩叫美孚灯罩。“双料的美孚灯罩”是加厚的。

子，不拘谁个愿意花点钱，这人就可以傍了门前长案坐下来，抽出一双筷子到手上，那边一个眉毛扯得极细、脸上擦了白粉的妇人就走过来问："大哥，副爷，要甜酒？要烧酒？"男子火焰高一点的，谐趣的，对内掌柜有点意思的，必装成生气似的说："吃甜酒？又不是小孩子，还问人吃甜酒！"那么，酽冽的烧酒，从大瓮里用竹筒舀出，倒进土碗里，即刻就来到身边案桌上了。杂货铺卖美孚油及点美孚油的洋灯与香烛、纸张。油行屯桐油。盐栈堆火井出的青盐。花衣庄则有白棉纱、大布、棉花以及包头的黑绉绸出卖。卖船上用物的，百物罗列，无所不备，且间或有重至百斤以外的铁锚搁在门外路旁，等候主顾问价的。专以介绍水手为事业，吃水码头饭的，则在河街的家中，终日大门敞开着，常有穿青羽缎马褂的船主与毛手毛脚的水手进出，地方像茶馆却不卖茶，不是烟馆又可以抽烟。来到这里的，虽说所谈的是船上生意经，然而船只的上下，划船拉纤人大都有一定规矩，不必作数目上的讨论。他们来到这里大多数倒是在"联欢"。以"龙头管事"作中心，谈论点本地时事，两省商务上情形，以及下游的"新事"。邀会的，集款时大多数皆在此地；扒骰子看点数多少轮作会首时，也常常在此举行。真真成为他们生意经的，有两件事：买卖船只，买卖媳妇。

大都市随了商务发达而产生的某种寄食者，因为商人的需要，水手的需要，这小小边城的河街，也居然有那么一群人，聚集在一些有吊脚楼的人家。这种妇人不是从附近乡下弄来，便是随同川军来湘流落后的妇人，穿了假洋绸的衣服，印花标布的裤子，把眉毛扯得成一条细线，大大的发髻上敷了香味极浓俗的油类，白日里无事，就坐在门口小凳子上做鞋子，在鞋尖上用红绿丝线挑绣双凤，或为情人水手挑绣花抱兜，一面看过往行人，消磨长日。或靠在临河窗口上看水手起货，听水手爬桅子唱歌。到了晚间，则轮流的接待商人同水手，切切实实尽一个妓女应尽的义务。

由于边地的风俗淳朴，便是做妓女，也永远那么浑厚，遇不相熟的主顾，做生意时得先交钱，再关门撒野。人既相熟后，钱便在可有可无之间了。妓女多靠四川商人维持生活，但恩情所结，则多在水手方面。感情好的，互相咬着嘴唇咬着颈脖发了誓，约好了“分手后各人不许胡闹”。四十天或五十天，在船上浮着的那一个，同留在岸上的这一个，便皆呆着打发这一堆日子，尽把自己的心紧紧缚定远远的一个人。尤其是妇人情感真挚，痴到无可形容，男子过了约定时间不回来，做梦时，就总常常梦船拢了岸，一个人摇摇荡荡的从船跳板到了岸上，直向身边跑来。或日中有了疑心，则梦里必见男人在桅上向另一方面唱歌，却不理会自己。性格弱一点儿的，接着就在梦里投河、吞鸦片烟；性格强一点儿的，便手执菜刀，直向那水手奔去。他们生活虽那么同一般社会疏远，但是眼泪与欢乐，在一种爱憎得失间，揉进了这些人生命里时，也便同另外一片土地另外一些年轻生命相似，全个身心为那点爱憎所浸透，见寒作热，忘了一切。若有多少不同处，不过是这些人更真切一点，也更近于糊涂一点罢了。短期的包定，长期的嫁娶，一时间的关门，这些关于一个女人身体上的交易，由于民情的淳朴，身当其事的不觉得如何下流可耻，旁观者也就从不用读书人的观念，加以指摘与轻视。这些人既重义轻利，又能守信自约，即便是娼妓，也常常较之讲道德知羞耻的城市中人还更可信任。

掌水码头的名叫顺顺，一个前清时便在营伍中混过日子来的人物，革命时在著名的陆军四十九标做个什长。同样做什长的，有因革命成了伟人名人的，有杀头碎尸的，他却带着少年喜事得来的脚风痛，回到了家乡，把所积蓄的一点钱，买了一条六桨白木船，租给一个穷船主，代人装货在茶峒与辰州之间来往。气运好，两年之内船不坏事，于是他从所赚的钱上，又讨了一个略有产业的白脸黑发小寡妇。数年后，在这条河上，他就有了大小四只船，一个妻子，两个儿子了。

但这个大方洒脱的人，事业虽十分顺手，却因欢喜交朋结友，慷慨而又能济人之急，便不能同贩油商人一样大大发作起来。自己既在粮子里混过日子[①]，明白出门人的甘苦，理解失意人的心情，故凡因船只失事破产的船家、过路的退伍兵士、游学文墨人，凡到了这个地方闻名求助的，莫不尽力帮助。一面从水上赚来钱，一面就这样洒脱散去。这人虽然脚上有点小毛病，还能泅水；走路难得其平，为人却那么公正无私。水面上各事原本极其简单，一切都为一个习惯所支配，谁个船碰了

① 在粮子里混过日子：即当过兵。过去把“当兵”叫做“吃粮”。

头，谁个船妨害了别一个人别一只船的利益，皆照例有习惯方法来解决。唯运用这种习惯规矩排调一切的，必需一个高年硕德的中心人物。某年秋天，那原来执事的人死去了，顺顺做了这样一个代替者。那时他还只五十岁，为人既明事明理，正直和平，又不爱财，故无人对他年龄怀疑。

到如今，他的儿子大的已十八岁，小的已十六岁。两个年轻人皆结实如小公牛，能驾船，能泅水，能走长路。凡从小乡城里出身的年轻人所能够做的事，他们无一不做，做去无一不精。年纪较长的，如他们爸爸一样，豪放豁达，不拘常套小节。年幼的则气质近于那个白脸黑发的母亲，不爱说话，眼眉却秀拔出群，一望即知其为人聪明而又富于感情。

两兄弟既年已长大，必须在各种生活上来训练他们，做父亲的就轮流派遣两个小孩子各处旅行。向下行船时，多随了自己的船只充当伙计，甘苦与人相共。荡桨时选最重的一把，背纤时拉头纤二纤，吃的是干鱼、辣子、臭酸菜，睡的是硬邦邦的舱板。向上行从旱路走去，则跟了川东客货，过秀山、龙潭、酉阳做生意，不论寒暑雨雪，必穿了草鞋按站赶路。且佩了短刀，遇不得已必须动手，便霍的把刀抽出，站到空阔处去，等候对面的一个，接着就同这个人用肉搏来解决。帮里的风气，既为“对付仇敌必须用刀，联结朋友也必须用刀”，故需要刀时，他们也就从不让它失去那点机会。学贸易，学应酬，学习到一个新地方去生活，且学习用刀保护身体同名誉。教育的目的，似乎在使两个孩子学得做人的勇气与义气。一分教育的结果，弄得两个人皆结实如老虎，却又和气亲人，不骄惰，不浮华，不倚势凌人。故父子三人在茶峒边境上为人所提及时，人人对这个名姓无不加以一种尊敬。

做父亲的当两个儿子很小时，就明白大儿子一切和自己相似，却稍稍见得溺爱那第二个儿子。由于这点不自觉的私心，他把长子取名天保，次子取名傩送[①]。意思是天保佑的在人事上或不免有些龃龉处，至于傩神所送来的，照当地习气，人便不能稍加轻视了。傩送美丽得很，茶峒船家人拙于赞扬这种美丽，只知道为他取出一个诨名为“岳云”[②]。虽无什么人亲眼看到过岳云，一般的印象，却从戏台上小生岳云，得来一个相近的神气。

三

两省接壤处，十余年来主持地方军事的，注重在安辑保守，处置还得法，并无变故发生。水陆商务既不至于受战争停顿，也不至于为土匪影响，一切莫不极有秩序，人民也莫不安分乐生。这些人，除了家中死了牛，翻了船，或发生别的死亡大变，为一种不幸所绊倒觉得十分伤心外，中国其他地方正在

① 傩送：傩，音“挪”。古时驱逐疫鬼的仪式。“大傩”是驱鬼逐疫的舞蹈，源于原始巫舞。湘西人信巫，对傩神很崇拜。“傩送”表示这是傩神送来的儿子，一定会得到傩神的保佑，诸事顺遂。

② 岳云：岳飞的儿子，地方戏的岳云扮相很英俊。

如何不幸挣扎中的情形，似乎就永远不曾为这边城人民所感到。

边城所在一年中最热闹的日子，是端午、中秋和过年。三个节日过去三五十年前如何兴奋了这地方人，直到现在，还毫无什么变化，仍能成为那地方居民最有意义的几个日子。

端午日，当地妇女、小孩子，莫不穿了新衣，额角上用雄黄蘸酒画了个王字。任何人家到了这天必可以吃鱼吃肉。大约上午十一点钟左右，全茶峒人就吃了午饭，把饭吃过后，在城里住家的，莫不倒锁了门，全家出城到河边看划船。河街有熟人的，可到河街吊脚楼门口边看，不然就站在税关门口与各个码头上看。河中龙船以长潭某处作起点，税关前作终点，作比赛竞争。因为这一天军官、税官以及当地有身份的人，莫不在税关前看热闹。划船的事各人在数天以前就早有了准备，分组分帮，各自选出了若干身体结实、手脚伶俐的小伙子，在潭中练习进退。船只的形式，和平常木船大不相同，形体一律又长又狭，两头高高翘起，船身绘着朱红颜色长线，平常时节多搁在河边干燥洞穴里，要用它时，拖下水去。每只船可坐十二个到十八个桨手，一个带头的，一个鼓手，一个锣手。桨手每人持一支短桨，随了鼓声缓促为节拍，把船向前划去。带头的坐在船头上，头上缠裹着红布包头，手上拿两支小令旗，左右挥动，指挥船只的进退。擂鼓打锣的，多坐在船只的中部，船一划动便即刻蓬蓬铛铛把锣鼓很单纯的敲打起来，为划桨水手调理下桨节拍。一船快慢既不得不靠鼓声，故每当两船竞赛到剧烈时，鼓声如雷鸣，加上两岸人呐喊助威，便使人想起梁红玉老鹳河时水战擂鼓[1]，牛皋水擒杨幺[2]时也是水战擂鼓。凡把船划到前面一点的，必可在税关前领赏，一匹红、一块小银牌，不拘缠挂到船上某一个人头上去，皆显出这一船合作的光荣。好事的军人，且当每次某一只船胜利时，必在水边放些表示胜利庆祝的五百响鞭炮。

赛船过后，城中的戍军长官，为了与民同乐，增加这个节日的愉快起见，便把三十只绿头长颈大雄鸭，颈脖上缚了红布条子，放入河中，尽善于泅水的军民人等，下水追赶鸭子。不拘谁把鸭子捉到，谁就成为这鸭子的主人。于是长潭换了新的花样，水面各处是鸭子，各处有追赶鸭子的人。

船和船的竞赛，人和鸭子的竞赛，直到天晚方能完事。

掌水码头的龙头大哥顺顺，年轻时节便是一个泅水的高手，入水中去追逐鸭子，在任何情形下总不落空。但一到次子傩送年过十二岁时，已能入水闭气汆着到鸭子身边，再忽然冒水而出，把鸭子捉到，这做爸爸的便解嘲似的说："好，这种事情有你们来做，我不必再下水了。"于是当真就不下水与人来竞争捉鸭子。但下水救人呢，当作别论。凡帮助人远离患难，便是入火，人到八十岁，也还是成为这个人一种不可逃避的责任！

天保、傩送两人皆是当地泅水划船好选手。

端午又快来了，初五划船，河街上初一开会，就决定了属

① 梁红玉老鹳河时水战擂鼓：韩世忠阻击金兵，梁红玉擂鼓助战，实在黄天荡，不在老鹳河。沈先生此处是误记。又此句字序似有小误。

② 牛皋水擒杨幺：事见小说《精忠说岳传》。

于河街的那只船当天入水。天保恰好在那天应向上行，随了陆路商人过川东龙潭送节货，故参加的就只傩送。十六个结实如牛犊的小伙子，带了香烛鞭炮，同一个用生牛皮蒙好绘有朱红太极图的高脚鼓，到了搁船的河上游山洞边，烧了香烛，把船拖入水后，各人上了船，燃着鞭炮，擂着鼓，这船便如一支箭似的，很迅速地向下游长潭射去。

那时节还是上午，到了午后，对河渔人的龙船也下了水，两只龙船就开始预习种种竞赛的方法。水面上第一次听到了鼓声，许多人从这鼓声中，感到了节日临近的欢悦。住临河吊脚楼对远方人有所等待、有所盼望的，也莫不因鼓声想到远人。在这个节日里，必然有许多船只可以赶回，也有许多船只只合在半路过节，这之间，便有些眼目所难见的人事哀乐，在这小山城河街间，让一些人嬉事，也让一些人皱眉。

蓬蓬鼓声掠水越山到了渡船头那里时，最先注意到的是那只黄狗。那黄狗汪汪地吠着，受了惊似的绕屋乱走，有人过渡时，便随船渡过河东岸去，且跑到那小山头向城里一方面大吠。

翠翠正坐在门外大石上用棕叶编蚱蜢、蜈蚣玩，见黄狗先在太阳下睡着，忽然醒来便发疯似的乱跑，过了河又回来，就问它骂它：

“狗，狗，你做什么！不许这样子！”

可是一会儿那声音被她发现了，她于是也绕屋跑着，且同黄狗一块儿渡过了小溪，站在小山头听了许久，让那点迷人的鼓声，把自己带到一个过去的节日里去。

四

还是两年前的事。五月端阳，渡船头祖父找人做了替手，便带了黄狗同翠翠进城，到大河边去看划船。河边站满了人，四只朱色长船在潭中划着。龙船水刚刚涨过，河中水皆豆绿色，天气又那么明朗，鼓声蓬蓬响着，翠翠抿着嘴一句话不说，心中充满了不可言说的快乐。河边人太多了一点，各人皆尽张着眼睛望河中，不多久，黄狗还留在身边，祖父却挤得不见了。

翠翠一面注意划船，一面心想："过不久爷爷总会找来的。"但过了许久，祖父还不来，翠翠便稍稍有点儿着慌了。先是两人同黄狗进城前一天，祖父就问翠翠："明天城里划船，倘若一个人去看，人多怕不怕？"翠翠就说："人多我不怕。但自己只是一个人可不好玩。"于是祖父想了半天，方想起一个住在城中的老熟人，赶夜里到城里去商量，请那老人来看一天渡船，自己却陪翠翠进城玩一天。且因为那人比渡船老人更孤单，身边无一个亲人，也无一只狗，因此便约好了那人早上过家中来吃饭，喝一杯雄黄酒。第二天那人来了，吃了饭，把职务委托那人以后，翠翠等便进了城。到路上时，祖父想起什么似的，又问翠翠："翠翠，翠翠，人那么多，好热闹，你一个人敢到河边看龙船吗？"翠翠说："怎么不敢？可是一个人有什么意思。"到了河边后，长潭里的四只红船，把翠翠的注意力完全占去了，身边祖父似乎也可有可无了。祖父心想："时间还早，到收场时，至少还得三个时刻。溪边的那个朋友，也应当来看看年轻人的热闹，回去一趟，换换地位还赶得及。”因此就告翠翠：“人太多了，站在这里看，不要动，我到别处去有事情，无论如何总赶得回来伴你回家。”翠翠正为两只竞速并进的船迷着，祖父说的话毫不思索就答应了。祖父知道黄狗在翠翠身边，也许比他自己在她身边还稳当，于是便回家看船去了。

祖父到了那渡船处时，见代替他的老朋友，正站在白塔下注意听远处鼓声。

祖父喊叫他，请他把船拉过来，两人渡过小溪仍然站到白塔下去。那人问老船夫为什么又跑回来，祖父就说想替他一会儿，所以把翠翠留在河边，自己赶回来，好让他也过河边去看看热闹，且说：“看得好，就不必再回来，只须见了翠翠告她一声，翠翠到时自会回家的。小丫头不敢回家，你就伴她走走！”但那替手对于看龙船已无什么兴味，却愿意同老船夫在这溪边大石上各自再喝两杯烧酒。老船夫听说十分高兴，把酒葫芦取出，推给城中来的那一个。两人一面谈些端午旧事，一面喝酒，不到一会，那人却在岩石上为烧酒醉倒了。

人既醉倒后，无从入城，祖父为了责任又不便与渡船离开，留在河边的翠翠便不能不着急了。

河中划船的决了最后胜负后，城里军官已派人驾小船在潭中放了一群鸭子，祖父还不见来。翠翠恐怕祖父也正在什么地方等着她，因此带了黄狗各处人丛中挤着去找寻祖父，结果还是不得祖父的踪迹。后来看看天快要黑了，军人扛了长凳出城看热闹的，都已陆续扛了那凳子回家。潭中的鸭子只剩下三五只，捉鸭人也渐渐的少了。落日向上游翠翠家中那一方落去，黄昏把河面装饰了一层薄雾。翠翠望到这个景致，忽然起了一个怕人的想头，她想："假若爷爷死了？"

她记起祖父嘱咐她不要离开原来地方那一句话，便又为自己解释这想头的错误，以为祖父不来，必是进城去或到什么熟人处去，被人拉着喝酒，故一时不能来的。正因为这也是可能的事，她又不愿在天未断黑以前，同黄狗赶回家去，只好站在那石码头边等候祖父。

再过一会，对河那两只长船已泊到对河小溪里去不见了，看龙船的人也差不多全散了。吊脚楼有娼妓的人家，已上了灯，且有人敲小斑鼓弹月琴唱曲子。另外一些人家，又有划拳行酒的吵嚷声音。同时停泊在吊脚楼下的一些船只，上面也有人在摆酒炒菜，把青菜萝卜之类，倒进滚热油锅里去时发出吵——的声音。河面已朦朦胧胧，看去好像只有一只白鸭在潭中浮着，也只剩一个人追着这只鸭子。

翠翠还是不离开码头，总相信祖父会来找她，同她一起回家。

吊脚楼上唱曲子声音热闹了一些，只听到下面船上有人说话，一个水手说："金亭，你听你那婊子陪川东庄客喝酒唱曲子，我赌个手指，说这是她的声音！"另外一个水手就说："她陪他们喝酒唱曲子，心里可想我。她知道我在船上！"先前那一个又说："身体让别人玩着，心还想着你，你有什么凭据？"另一个说："有凭据。"于是这水手吹着呼哨，做出一个古怪的记号，一会儿，楼上歌声便停止了。歌声停止后，两个水手皆笑了。两人接着便说了些关于那个女人的一切，使用了不少粗鄙字眼，翠翠很不习惯把这种话听下去，但又不能走开。且听水手之一说楼上妇人的爸爸是在棉花坡被人杀死的，一共杀了十七刀，翠翠心中那个古怪的想头："爷爷死了呢？"便仍然占据到心里有一会儿。

两个水手还正在谈话，潭中那只白鸭慢慢地向翠翠所在的码头边游过来，翠翠想："再过来些我就捉住你！"于是静静地等着。但那鸭子将近岸边三丈远近时，却有个人笑着，喊那船上水手。原来水中还有个人，那人已把鸭子捉到手，却慢慢地"踹水"游近岸边的。船上人听到水面的喊声，在隐约里也喊道："二老，二老，你真能干，你今天得了五只吧？"那水上人说："这家伙狡猾得很，现在可归我了。""你这时捉鸭子，将来捉女人，一定有同样的本领。"水上那一个不再说什么，手脚并用地拍着水傍了码头。湿淋淋地爬上岸时，翠翠身旁的黄狗，仿佛警告水中人似的，汪汪地叫了几声，那人方注意到翠翠。码头上已无别的人，那人问：

"是谁？"

"是翠翠。"

"翠翠又是谁？"

"是碧溪岨撑渡船的孙女。"

"你在这儿做什么？"

“我等我爷爷。我等他来好回家去。”

“等他来他可不会来。你爷爷一定到城里军营里喝了酒，醉倒后被人抬回去了！”

“他不会。他答应来，就一定会来的。”

“这里等也不成，到我家里去，到那边点了灯的楼上去，等爷爷来找你好不好？”

翠翠误会了邀她进屋里去那个人的好意，正记着水手说的妇人丑事，她以为那男子就是要她上有女人唱歌的楼上去，本来从不骂人，这时正因为等候祖父太久了，心中焦急得很，听人要她上去，以为欺侮了她，就轻轻地说：

“你个悖时砍脑壳的！”

话虽轻轻的，那男的却听得出，且从声音上听得出翠翠年纪，便带笑说：“怎么，你骂人！你不愿意上去，要呆在这儿，回头水里大鱼来咬了你，可不要叫喊！”

翠翠说：“鱼咬了我，也不关你的事。”

那黄狗好像明白翠翠被人欺侮了，又汪汪地吠起来，那男子把手中白鸭举起，向黄狗吓了一下，便走上河街去了。黄狗为了自己被欺侮还想追过去，翠翠便喊：“狗，狗，你叫人也看人叫！”翠翠意思仿佛只在告给狗“那轻薄男子还不值得叫”，但男子听去的却是另外一种好意，男的以为是她要狗莫向好人乱叫，放肆地笑着，不见了。

又过了一阵，有人从河街拿了一个废缆做成的火炬，喊叫着翠翠的名字来找寻她，到身边时翠翠却不认识那个人。那人说：老船夫回到家中，不能来接她，故搭了过渡人口信来告翠翠，要她即刻就回去。翠翠听说是祖父派来的，就同那人一起回家，让打火把的在前引路，黄狗时前时后，一同沿了城墙向渡口走去。翠翠一面走一面问那拿火把的人，是谁告他就知道她在河边。那人说这是二老告他的，他是二老家里的伙计，送翠翠回家后还得回转河街。

翠翠说："二老他怎么知道我在河边？"

那人便笑着说："他从河里捉鸭子回来，在码头上见你，他说好意请你上家里坐坐，等候你爷爷，你还骂过他！"

翠翠带了点儿惊讶，轻轻地问："二老是谁？"

那人也带了点儿惊讶说："二老你都不知道？就是我们河街上的傩送二老！就是岳云！他要我送你回去！"

傩送二老在茶峒地方不是一个生疏的名字。

翠翠想起自己先前骂人那句话，心里又吃惊又害羞，再也不说什么，默默地随了那火把走去。

翻过了小山岨，望得见对溪家中火光时，那一方面也看见了翠翠方面的火把，老船夫即刻把船拉过来，一面拉船，一面哑声儿喊问："翠翠，翠翠，是不是你？"翠翠不理会祖父，口中却轻轻地说："不是翠翠，不是翠翠，翠翠早被大河里鲤鱼吃去了。"翠翠上了船，二老派来的人，打着火把走了，祖父牵着船问："翠翠，你怎么不答应我，生我的气了吗？"

翠翠站在船头还是不作声。翠翠对祖父那一点儿埋怨，等到把船拉过了溪，一到了家中，看明白了醉倒的另一个老人后，就完事了。但是另一件事，属于自己不关祖父的，却使翠翠沉默了一个夜晚。

五

两年日子过去了。

这两年来两个中秋节，恰好都无月亮可看，凡在这边城地方，因看月而起整夜男女唱歌的故事，皆不能如期举行，因此两个中秋留给翠翠的印象，极其平淡无奇。两个新年却照例可以看到军营里和各乡来的狮子龙灯，在小教场迎春，锣鼓喧阗很热闹。到了十五夜晚，城中舞龙耍狮子的镇筸兵士，还各自赤裸着肩膊，往各处去欢迎炮仗烟火。城中军营里，税关局长公馆，河街上一些大字号，莫不预先截老毛竹筒，或镂空棕榈树根株，用洞硝拌和磺炭铜砂，一千捶八百捶把烟火做好。好勇取乐的军士，光赤着个上身，玩着灯打着鼓来了，小鞭炮如落雨的样子，从悬到长竿尖端的空中落到玩灯的肩背上，锣鼓催动急促的拍子，大家皆为这事情十分兴奋。鞭炮放过一阵后，用长凳绑着的大筒烟火，在敞坪一端燃起了引线，先是嗞嗞的流泻白光，慢慢的这白光便吼啸起来，作出如雷如虎惊人的声音，白光向上空冲去，高至二十丈，下落时便洒散着满天花雨。玩灯的兵士，在火花中绕着圈子，俨然毫不在意的样子。翠翠同她的祖父，也看过这样的热闹，留下一个热闹的印象，但这印象不知为什么原因，总不如那个端午所经过的事情甜而美。

翠翠为了不能忘记那件事，上年一个端午又同祖父到城边河街去看了半天船，一切玩得正好时，忽然落了行雨，无人衣衫不被雨湿透。为了避雨，祖孙二人同那只黄狗，走到顺顺吊脚楼上去，挤在一个角隅里。有人扛凳子从身边过去，翠翠认得那人正是去年打了火把送她回家的人，就告给祖父：

“爷爷，那个人去年送我回家，他拿了火把走路时，真像个喽啰！”

祖父当时不作声，等到那人回头又走过面前时，就一把抓住那个人，笑嘻嘻说：

“嗨嗨，你这个人！要你到我家喝一杯也不成，还怕酒里有毒，把你这个真命天子毒死！”

那人一看是守渡船的，且看到了翠翠，就笑了。“翠翠，你长大了！二老说你在河边大鱼会吃你，我们这里河中的鱼，现在可吞不下你了。”

翠翠一句话不说，只是抿起嘴唇笑着。

这一次虽在这喽啰长年口中听到个“二老”名字，却不曾见及这个人。从祖父和那长年谈话里，翠翠听明白了二老是在下游六百里外青浪滩过端午的。但这次不见二老，却认识了大老，且见着了那个一地出名的顺顺。大老把河中的鸭子捉回家里后，因为守渡船的老家伙称赞了那只肥鸭两次，顺顺就要大老把鸭子给翠翠。且知道祖孙二人所过的日子十分拮据，节日里自己不能包粽子，又送了许多尖角粽子。

那水上名人同祖父谈话时，翠翠虽装作眺望河中景致，耳朵却把每一句话听得清清楚楚。那人向祖父说，翠翠长得很美，问过翠翠年纪，又问有不有了人家。祖父则很快乐的夸奖了翠翠不少，且似乎不许别人来关心翠翠的婚事，因此一到这件事便闭口不谈。

回家时，祖父抱了那只白鸭子同别的东西，翠翠打火把引路。两人沿城墙脚走去，一面是城，一面是水。祖父说："顺顺真是个好人，大方得很。大老也很好。这一家人都好！"翠翠说："一家人都好，你认识他们一家人吗？"祖父不明白这句话的意思所在，因为今天太高兴一点，便笑着说："翠翠，假若大老要你做媳妇，请人来做媒，你答应不答应？"翠翠就说："爷爷，你疯了！再说我就生你的气！"

祖父话虽不再说了，心中却很显然的还转着这些可笑的不好的念头。翠翠着了恼，把火炬向路两旁乱晃着，向前快快地走去了。

"翠翠，莫闹，我摔到河里去，鸭子会走脱的！"

"谁也不稀罕那只鸭子！"

祖父明白翠翠为什么事情不高兴，便唱起摇橹人驶船下滩时催橹的歌声，声音虽然哑沙沙的，字眼儿却稳稳当当毫不含糊。翠翠一面听着一面向前走去，忽然停住了发问：

"爷爷，你的船是不是正在下青浪滩呢？"

祖父不说什么，还是唱着。两人都记起顺顺家二老的船正在青浪滩过节，但谁也不明白另外一个人的记忆所止处。祖孙二人便沉默的一直走还家中。到了渡口，那代理看船的，正把船泊在岸边等候他们。几人渡过溪到了家中，剥粽子吃。到后那人要进城去，翠翠赶即为那人点上火把，让他有火把照路。人过了小溪上小山时，翠翠同祖父在船上望着，翠翠说：

“爷爷，看喽啰上山了啊！”

祖父把手攀引着横缆，注目溪面升起的薄雾，仿佛看到了什么东西，轻轻地吁了一口气。祖父静静地拉船过对岸家边时，要翠翠先上岸去，自己却守在船边，因为过节，明白一定有乡下人来城里看龙船，还得乘黑赶回家去。

六

白日里，老船夫正在渡船上，同个卖皮纸的过渡人有所争持。一个不能接受所给的钱，一个却非把钱送给老人不可。正似乎因为那个过渡人送钱气派有些强横，使老船夫受了点压迫，这撑渡船人就俨然生气似的，迫着那人把钱收回，使这人不得不把钱捏在手里。但船拢岸时，那人跳上了码头，一手铜钱向船舱一撒，却笑眯眯的匆匆忙忙走了。老船夫手还得拉着船让别一个人上岸，无法去追赶那个人，就喊小山头的孙女：

“翠翠，翠翠，为我拉着那个卖皮纸的小伙子，不许他走！”

翠翠不知道是怎么回事，当真便同黄狗去拦着那第一个下船人。那人笑着说：

“请不要拦我……”

“不成，你不能走！”

正说着，第二个商人赶来了，就告给翠翠是什么事情。翠翠明白了，更紧拉着卖纸人衣服不放，只说：“不许走！不许走！”黄狗为了表示同主人的意见一致，也便在翠翠身边汪汪汪的吠着。其余商人皆笑着，一时不能走路。祖父气吁吁的赶来了，把钱强迫塞到那人手心里，且搭了一大束草烟到那商人的担子上去，搓着两手笑着说：“走呀！你们上路走！”那些人于是全笑着走了。

翠翠说：“爷爷，我还以为那人偷你东西同你打架！”

祖父就说：

“嗨，他送我好些钱，我才不要这些钱！告他不要钱，他还同我吵，不讲道理！”

翠翠说：“全还给他了吗？”

祖父抿着嘴把头摇摇，闭上一只眼睛，装成狡猾得意神气笑着，把扎在腰带上留下的那枚单铜子取出，送给翠翠，且说：

“他得了我们那把烟叶，可以吃到镇筸城！”

远处鼓声又蓬蓬地响起来了，黄狗张着两个耳朵听着。翠翠问祖父听不听到什么声音。祖父一注意，知道是什么声音了，便说：

“翠翠，端午又来了。你记不记得去年天保大老送你那只肥鸭子？早上大老同一群人上川东去，过渡时还问你。你一定忘记那次落的行雨。我们这次若去，又得打火把回家；你记不记得我们两人用火把照路回家？”

翠翠还正想起两年前的端午一切事情哪。但祖父一问，翠翠却微带点儿恼着的神气，把头摇摇，故意说：“我记不得，我记不得，我全记不得！”其实她那意思就是“我怎么记不得？”

祖父明白那话里意思，又说：“前年还更有趣，你一个人在河边等我。差点儿不知道回来，天夜了，我还以为大鱼会吃掉你！”

提起旧事，翠翠嗤地笑了。

“爷爷，你还以为大鱼会吃掉我？是别人家说我，我告给你的！你那天只是恨不得让城中的那个爷爷把装酒的葫芦吃掉！你这种人，好记性！”

“我人老了，记性也坏透了。翠翠，现在你人长大了，一个人一定敢上城去看船，不怕鱼吃掉你了。”

“人大了就应当守船呢。”

“人老了才应当守船。”

“人老了应当歇憩！”

“你爷爷还可以打老虎，人不老！”祖父说着，于是，把膀子弯曲起来，努力使筋肉在局束中显得又有力又年轻，且说：“翠翠，你不信，你咬。”

翠翠睨着腰背微驼白发满头的祖父，不说什么话。远处有吹唢呐的声音，她知道那是什么事情，且知道唢呐方向。要祖父同她下了船，把船拉过家中那边岸旁去。为了想早早的看到那迎婚送亲的喜轿，翠翠还爬到屋后塔下去眺望。过不久，那一伙人来了，两个吹唢呐的，四个强壮乡下汉子，一顶空花轿，一个穿新衣的团总儿子模样的青年，另外还有两只羊，一个牵羊的孩子，一坛酒，一盒糍粑，一个担礼物的人。一伙人上了渡船后，翠翠同祖父也上了渡船，祖父拉船，翠翠却傍花轿站定，去欣赏每一个人的脸色与花轿上的流苏。拢岸后，团总儿子模样的人，从扣花抱肚里掏出了一个小红纸包封，递给老船夫。这是当地规矩，祖父再不能说不接收了。但得了钱祖父却说话了，问那个人，新娘是什么地方人；明白了，又问姓什么；明白了，又问多大年纪；一切皆弄明白了。吹唢呐的一上岸后，又把唢呐呜呜喇喇吹起来，一行人便翻山走了。祖父同翠翠留在船上，感情仿佛皆追着那唢呐声音走去，走了很远的路方回到自己身边来。

祖父掂着那红纸包封的分量说："翠翠，宋家堡子里新嫁娘年纪还只十五岁。"

翠翠明白祖父这句话的意思所在，不作理会，静静地把船拉动起来。

到了家边，翠翠跑还家中去取小小竹子做的双管唢呐，请祖父坐在船头吹《娘送女》曲子给她听，她却同黄狗躺到门前大岩石上荫处看天上的云。白日渐长，不知什么时节，祖父睡着了，翠翠同黄狗也睡着了。

七

到了端午，祖父同翠翠在三天前业已预先约好，祖父守船，翠翠同黄狗过顺顺吊脚楼去看热闹。翠翠先不答应，后来答应了。但过了一天，翠翠又反悔回来，以为要看两人去看，要守船两人守船。祖父明白那个意思，是翠翠玩心与爱心相战争的结果。为了祖父的牵绊，应当玩的也无法去玩，这不成！祖父含笑说："翠翠，你这是为什么？说定了的又反悔，同茶峒人平素品德不相称。我们应当说一是一，不许三心二意。我记性并不坏到这样子，把你答应了我的即刻忘掉！"祖父虽那么说，很显然的事，祖父对于翠翠的打算是同意的。但人太乖巧，祖父有点愀然不乐了。见祖父不再说话，翠翠就说："我走了，谁陪你？"

祖父说："你走了，船陪我。"

翠翠把眉毛皱拢去苦笑着，"船陪你，嗨，嗨，船陪你。爷爷，你真是，只有这只宝贝船！"

祖父心想："你总有一天会要走的！"但不敢提起这件事。祖父一时无话可说，于是走过屋后塔下小圃里去看葱，翠翠跟了过去。

"爷爷，我决定不去，要去让船去，我替船陪你！"

"好，翠翠，你不去我去，我还得戴了朵红花，装刘姥姥进城去见世面！"

两人为这句话笑了许久。所争持的事，不求结论了。

祖父理葱，翠翠却摘了一根大葱呜呜吹着。有人在东岸喊过渡，翠翠不让祖父占先，便忙着跑下溪边，跳上了渡船，援着横溪缆子拉船过溪去接人。一面拉船一面喊祖父：

“爷爷，你唱，你唱！”

祖父不唱，却只站在高岩上望翠翠，把手摇着，一句话不说。

祖父有点心事。心事重重的。翠翠长大了。

翠翠一天比一天大了，无意中提到什么时，会红脸了。时间在成长她，似乎正催促她，使她在另外一件事情上负点儿责。她欢喜看扑粉满脸的新嫁娘，欢喜述说关于新嫁娘的故事，欢喜把野花戴到头上去，还欢喜听人唱歌。茶峒人的歌声，缠绵处她已领略得出。她有时仿佛孤独了一点，爱坐在岩石上去，向天空一片云一颗星凝眸。祖父若问：“翠翠，想什么？”她便带着点儿害羞情绪，轻轻地说：“在看水鸭子打架！”照当地习惯意思，就是“翠翠不想什么”。但在心里却同时又自问：“翠翠，你真在想什么？”同时自己也就在心里答着：“我想得很远，很多。可是我不知想些什么。”她的确在想，又的确连自己也不知在想些什么。这女孩子身体既发育得很完全，在本身上因年龄自然而来的一件“奇事”，到月就来，也使她多了些思索，多了些梦。

祖父明白这类事情对于一个女子的影响，祖父心情也变了些。祖父是一个在自然里活了七十年的人，但在人事上的自然现象，就有了些不能安排处。因为翠翠的长成，使祖父记起了些旧事，从掩埋在一大堆时间里的故事中，重新找回了些东西。

翠翠的母亲，某一时节原同翠翠一个样子。眉毛长，眼睛大，皮肤红红的。也乖得使人怜爱——也懂在一些小处，起眼动眉毛，机灵懂事，使家中长辈快乐。也仿佛永远不会同家中这一个分开。但一点不幸来了，她认识了那个兵。到末了丢开老的和小的，却陪了那个兵死了。这些事从老船夫说来谁也无罪过，只应“天”去负责。翠翠的祖父口中不怨天，心中却不能完全同意这种不幸的安排。摊派到本身的一份，说来实在不公平！说是放下了，也正是不能放下的莫可奈何容忍到的一件事情。

那时有个翠翠。如今假若翠翠又同妈妈一样，老船夫的年龄，还能把小雏儿再抚育下去吗？人愿意的事神却不同意！人太老了，应当休息了，凡是一个良善的中国乡下人，一生中活下来所应得到的劳苦与不幸，业已全得到了。假若另外高处有一个上帝，这上帝且有一双手支配一切，很明显的事，十分公道的办法，是应当把祖父先收回去，再来让那个年轻的在新的生活上得到应分接受那一份幸或不幸，才合道理！

可是祖父并不那么想，他为翠翠担心，有时便躺到门外岩石上，对着星子想他的心事。他以为死是应当快到了的，正因为翠翠人已长大了，证明自己也真正老了。可是无论如何，得让翠翠有个着落。翠翠既是她那可怜的母亲交把他的，翠翠大了，他也得把翠翠交给一个人，他的事才算完结！交给谁！必须什么样的人方不委屈她？

前几天顺顺家天保大老过溪时，同祖父谈话，这心直口快的青年人，第一句话就说：

“老伯伯，你翠翠长得真标致，像个观音样子。再过两年，若我有闲空能留在茶峒照料家事，不必像老鸦成天到处飞，我一定每夜到这溪边来为翠翠唱歌。”

祖父用微笑奖励这种自白。一面把船拉动，一面把那双小眼睛瞅着大老。意思好像说：好小子，你的傻话我全明白，我不生气。你尽管说下去，看你还有什么要说。

于是大老又说：

“翠翠太娇了，我担心她只宜于听点茶峒人的歌声，不能作茶峒女子做媳妇的一切正经事。我要个能听我唱歌的情人，却更不能缺少个照料家务的媳妇。‘又要马儿不吃草，又要马儿走得好’，唉，这两句话恰是古人为我说的！”

祖父慢条斯理把船转了头，让船尾傍岸，就说：

“大老，也有这种事儿！你瞧着吧。”究竟是什么一种事儿？祖父可并不明白说下去。

那青年走去后，祖父温习着那些出于一个年轻男子口中的真话，实在又愁又喜。翠翠若应当交把一个人，这个人是不是适宜于照料翠翠？当真交把了他，翠翠是不是愿意？

八

初五大清早落了点毛毛雨，河上游且涨了点“龙船水”，河水全变作豆绿色。祖父上城买办过节的东西，戴了个粽粑叶“斗篷”，携带了一个篮子，一个装酒的大葫芦，肩头上挂了个褡裢，其中放了一吊六百制钱，就走了。因为是节日，这一天从小村小寨带了铜钱担了货物上城去办货掉货的极多，这些人起身也极早，故祖父走后，黄狗就伴同翠翠守船。翠翠头上戴了一个崭新的斗篷，把过渡人一趟一趟的送来送去。黄狗坐在船头，每当船拢岸时必先跳上岸边去衔绳头，引起每个过渡人的兴味。有些过渡乡下人也携了狗上城，照例如俗话说的“狗离不得屋”，这些狗一离了自己的家，即或傍着主人，也变得非常老实了。到过渡时，翠翠的狗必走过去嗅嗅，从翠翠方面讨取了一个眼色，似乎明白翠翠的意思的就不敢有什么举动。直到上岸后，把拉绳子的事情做完，眼见到那只陌生的狗上小山去了，也必跟着追去。或者向狗主人轻轻吠着，或者逐着那陌生的狗。必得翠翠带点儿嗔恼的跺脚嚷着：“狗，狗，你狂什么？还有事情做，你就跑呀！”于是这黄狗赶快跑回船上来，且依然满船闻嗅不已。翠翠说：“这算什么轻狂举动！跟谁学得的？还不好好蹲到那边去！”狗俨然极其懂事，便即刻到它自己原来地方去，只间或又像想起什么心事似的，轻轻地吠几声。

雨落个不止，溪面一片烟。翠翠在船上无事可作时，便算着老船夫的行程。她知道他这一去应在什么地方碰到什么人，谈些什么话，这一天城门边应当是些什么情形，河街上应当是些什么情形，“心中一本册”，她完全如同亲眼见到的那么明明白白。她又知道祖父的脾气，一见城中相熟粮子上人物，不管是马夫火夫，总会把过节时应有的颂祝说出。这边说：“副爷，你过节吃饱喝饱！”那一个便也将说：“划船的，你吃饱喝饱！”这边如果说着如上的话，那边人说：“有什么可以吃饱喝饱？四两肉，两碗酒，既不会饱也不会醉！”那么，祖父必很诚实邀请这熟人过碧溪岨喝个够量。倘若有人当时就想喝一口祖父葫芦中的酒，这老船夫也从不吝啬，必很快地就把葫芦递过去。酒喝过后，那兵营中人卷舌子舔着嘴唇，称赞酒好，于是又必被勒迫着喝第二口。酒在这种情形下少起来了，就又跑到原来铺上去，加满为止。翠翠且知道祖父还会到码头上去同刚拢岸一天两天的上水船水手谈谈话，问问下河的米价盐价，有时且弯着腰钻进那带有海带鱿鱼味，以及其他油味、醋味、柴烟味的船舱里去。水手们从小坛中抓出一把红枣，递给老船夫。过一阵，等到祖父回家被翠翠埋怨时，这红枣便成为祖父与翠翠和解的工具。祖父一到河街上，且一定有许多铺子上商人送他粽子与其他东西，作为对这个忠于职守的划船人一点敬意。祖父虽嚷着“我带了那么一大堆，回去会把老骨头压断”，可是不管如何，这些东西多少总得领点情。走到卖肉案桌边去，他想买肉，人家却照例不愿接钱。屠户若不接钱，他却宁可到另外一家去，决不想占那点便宜。那屠户说：“爷爷，你为人那么硬算什么？又不是要你去做犁口耕田！”但不行，他以为这是血钱，不比别的事情，你不收钱他会把钱预先算好，猛地把钱掷到大而长的钱筒里去，攫了肉就走去的。卖肉的明白他那种性情，到他称肉时总选取最好的一处，并且把分量故意加多，他见及时却将说：“喂喂，大老板，我不要你那些好处！腿上的肉是城里人炒鱿鱼肉丝用的肉，莫同我开玩笑！我要夹项肉，我要浓的，糯的。我是个划船人，我要拿去炖胡萝卜喝酒的！”得了肉，把钱交过手时，自己先数一次，又嘱咐屠户再数，屠户却照例不理会他，把一手钱哗的向长竹筒口丢去。他于是简直是妩媚地微笑着走了。屠户和其他买肉人，见到他这种神气，必笑个不止……

翠翠还知道祖父必到河街上顺顺家里去。

翠翠温习着两次过节两个日子所见所闻的一切，心中很快乐，好像目前有一个东西，同早间在床上闭了眼睛所看到那种捉摸不定的黄葵花一样，这东西仿佛很明朗的在眼前，却看不准，抓不住。

翠翠想："白鸡关真出老虎吗?"她不知道为什么忽然想起白鸡关。白鸡关是酉水中部一个地名，离茶峒两百多里路!

于是又想："三十二个人摇六匹橹，上水走风时张起个大篷，一百幅白布拼成的一片东西，坐在这样大船上过洞庭湖，多可笑……"她不明白洞庭湖有多大，也就从没见过这种大船；更可笑的，还是她自己也不知道为什么却想起这个问题!

一群过渡人来了，有担子，有送公事跑差模样的人物，另外还有母女二人。母亲穿了新浆洗得硬朗的蓝布衣服，女孩子脸上涂着两饼红色，穿了不甚合身的新衣，上城到亲戚家中去拜节看龙船的。等待众人上船稳定后，翠翠一面望着那小女孩，一面把船拉过溪去。那小孩从翠翠估来年纪也将十三四岁了，神气却很娇，似乎从不曾离开过母亲。脚下穿的是一双尖尖头新油过的钉鞋，上面沾污了些黄泥。裤子是那种泛紫的葱绿布做的。见翠翠尽是望她，她也便看着翠翠，眼睛光光的如同两粒水晶球。神气中有点害羞，有点不自在，同时也有点不可言说的爱娇。那母亲模样的妇人便问翠翠年纪有几岁。翠翠笑着，不高兴答应，却反问小女孩今年几岁。听那母亲说十三岁时，翠翠忍不住笑了。那母女显然是财主人家的妻女，从神气上就可看出的。翠翠注视那女孩，发现了女孩子手上还戴有一副麻花绞的银手镯，闪着白白的亮光，心中有点儿歆羡。船傍岸后，人陆续上了岸，妇人从身上摸出一把铜子，塞到翠翠手中，就走了。翠翠当时竟忘了祖父的规矩，也不说道谢，也不把钱退还，只望着这一行人中那个女孩子身后发痴。一行人正将翻过小山时，翠翠忽又忙匆匆地追上去，在山头上把钱还给那妇人。那妇人说："这是送你的！"翠翠不说什么，只微笑把头尽摇，表示不能接受，且不等妇人来得及说第二句话，就很快的向自己渡船边跑去了。

到了渡船上，溪那边又有人喊过渡，翠翠把船又拉回去。第二次过渡是七个人，又有两个女孩子，也同样因为看龙船特意换了干净衣服，相貌却并不如何美观，因此使翠翠更不能忘记先前那一个。

今天过渡的人特别多，其中女孩子比平时更多。翠翠既在船上拉缆子摆渡，故见到什么好看的，极古怪的，人乖的，眼睛眶子红红的，莫不在记忆中留下个印象。无人过渡时，等着祖父祖父又不来，便尽只反复温习这些女孩子的神气，且轻轻的无所谓地唱着：

白鸡关出老虎咬人，不咬别人，团总的小姐派第一。……大姐戴副金簪子，二姐戴副银钏子，只有我三妹没得什么戴，耳朵上长年戴条豆芽菜。

城中有人下乡时，在河街上一个酒店前面，曾见及那个撑渡船的老头子，把葫芦嘴推让给一个年轻水手，请水手喝他新买的白烧酒。翠翠问及时，那城中人就告给她所见到的事情。翠翠笑祖父的慷慨不是时候，不是地方。过渡人走了，翠翠就在船上又轻轻地哼着巫师十二月里为人还愿迎神的歌玩——

你大仙，你大神，睁眼看看我们这里人！
他们既诚实，又年轻，又身无疾病。
他们大人会喝酒，会做事，会睡觉。
他们孩子能长大，能耐饥，能耐冷。
他们牯牛肯耕田，山羊肯生仔，鸡鸭肯孵卵。
他们女人会养儿子，会唱歌，会找她心中欢喜的情人！
你大神，你大仙，排驾前来站两边！
关夫子身跨赤兔马，
尉迟公手拿大铁鞭！

你大仙，你大神，云端下降慢慢行！
张果老驴得坐稳，
铁拐李脚下要小心！

福禄绵绵是神恩，
和风和雨神好心，
好酒好饭当前陈，
肥猪肥羊火上烹！

洪秀全、李鸿章，
你们在生是霸王；
杀人放火尽节全忠各有道，
今来坐席又何妨！

慢慢吃，慢慢喝，
月白风清好过河！
醉时携手同归去，
我当为你再唱歌！①

那首歌声音既极柔和，快乐中又微带忧郁。唱完了这歌，翠翠心上觉得有一丝儿凄凉。她想起秋末酬神还愿时田坪中的火燎同鼓角。

远处鼓声已起来了，她知道绘有朱红长线的龙船这时节已下河了。细雨还依然落个不止，溪面一片烟。

---

① 本篇的引文都摘自《边城·题记》。

九

祖父回家时，大约已将近平常吃早饭时节了，肩上手上全是东西。一上小山头便喊翠翠，要翠翠拉船过小溪来迎接他。翠翠眼看到多少人皆进了城，正在船上急得莫可奈何，听到祖父的声音，精神旺了，锐声答着："爷爷，爷爷，我来了！"老船夫从码头边上了渡船后，把肩上手上的东西搁到船头上，一面帮着翠翠拉船，一面向翠翠笑着，如同一个小孩子，神气充满了谦虚与羞怯。"翠翠，你急坏了，是不是？"翠翠本应埋怨祖父的，但她却回答说："爷爷，我知道你在河街上劝人喝酒，好玩得很。"翠翠还知道祖父极高兴到河街上去玩，但如此说来，将更使祖父害羞乱嚷了，因此话到口边却不提出。

翠翠把搁在船头的东西一一估记在眼里，不见了酒葫芦。翠翠嗤地笑了。

"爷爷，你倒大方，请副爷同船上人吃酒，连葫芦也让他们吃到肚里去了！"

祖父笑着忙作说明：

"哪里，哪里，我那葫芦被顺顺大伯扣下了，他见我在河街上请人喝酒，就说：'喂，喂，摆渡的张横，这不成的。你不开糟坊，如何这样子！你要做仁义大哥梁山好汉，把你那个放下来，请我全喝了吧。'他当真那么说，'请我全喝了吧。'我把葫芦放下了。但是我猜想他是同我闹着玩的。他家里还少烧酒吗？翠翠，你说，……"

“爷爷，你以为人家不是真想喝你的酒，便是同你开玩笑吗？”

“那是怎么的？”

“你放心，人家一定因为你请客不是地方，所以扣下你的葫芦，不让你请人把酒喝完。等等就会派毛伙为你送来的，你还不明白，真是！——”

“唉，当真会是这样的！”

说着船已拢了岸，翠翠抢先帮祖父搬东西回家，但结果却只拿了那尾鱼，那个花褡裢。褡裢中钱已用光了，却有一包白糖，一包芝麻小饼子。

两人刚把新买的东西搬运到家中，对溪就有人喊过渡。祖父要翠翠看着肉菜免得被野猫拖去，争先下溪去做事。一会儿，便同那个过渡人嚷着到家中来了。原来这人便是送酒葫芦的。只听到祖父说：“翠翠，你猜对了。人家当真把酒葫芦送来了！”

翠翠来不及向灶边走去，祖父同一个年纪轻轻的脸黑肩膊宽的人物，便进到屋里了。

翠翠同客人皆笑着，让祖父把话说下去。客人又望着翠翠笑，翠翠仿佛明白为什么被人望着，有点不好意思起来，走到灶边烧火去了。溪边又有人喊过渡，翠翠赶忙跑出门外船上去，把人渡过了溪。恰好又有人过溪。天虽落小雨，过渡人却分外多，一连三次。翠翠在船上一面做事，一面想起祖父的趣处。不知怎么的，从城里被人打发来送酒葫芦的，她觉得好像是个熟人。可是眼睛里像是熟人，却不明白在什么地方见过面。但也正像是不肯把这人想到某方面去，方猜不着这来人的身份。

祖父在岩坎上边喊："翠翠，翠翠，你上来歇歇，陪陪客！"本来无人过渡便想上岸去烧火，但经祖父一喊，反而不上岸了。

来客问祖父"进不进城看船"，老渡船夫就说："应当看守渡船。"两人又谈了些别的话。到后来客方言归正传：

"伯伯，你翠翠像个大人了，长得很好看！"

撑渡船的笑了。"口气同哥哥一样，倒爽快呢。"这样想着，却那么说："二老，这地方配受人称赞的只有你，人家都说你好看！'八面山的豹子，地地溪的锦鸡'，全是特为颂扬你这个人好处的警句！"

"但是，这很不公平。"

"很公平的！我听船上人说，你上次押船，船到三门下面白鸡关滩口出了事，从急浪中你援救过三个人。你们在滩上过夜，被村子里女人见着了，人家在你棚子边唱歌一整夜，是不是真有其事？"

"不是女人唱歌一夜，是狼嗥。那地方著名多狼，只想得机会吃我们！我们烧了一大堆火，吓住了它们，才不被吃！"

老船夫笑了，"那更妙！人家说的话还是很对的。狼是只吃姑娘，吃小孩，吃十八岁标致青年的。像我这种老骨头，它不要吃，只嗅一嗅就会走开的！"

那二老说："伯伯，你到这里见过两万个日头，别人家全说我们这个地方风水好，出大人，不知为什么原因，如今还不出大人?"

"你是不是说风水好应出有大名头的人？我以为，这种人不生在我们这个小地方也不碍事。我们有聪明、正直、勇敢、耐劳的年轻人，就够了。像你们父子兄弟，为本地方增光彩已经很多很多!"

"伯伯，你说得好，我也是那么想。地方不出坏人出好人，如伯伯那么样子，人虽老了，还硬朗得同棵楠木树一样，稳稳当当地活到这块地面，又正经，又大方，难得的咧。"

"我是老骨头了，还说什么。日头，雨水，走长路，挑分量沉重的担子，大吃大喝，挨饿受寒，自己分上的都拿过了，不久就会躺到这冰凉土地上喂蛆吃的。这世界有的是你们小伙子分上的一切，应当好好地干，日头不辜负你们，你们也莫辜负日头!"

"伯伯，看你那么勤快，我们年轻人不敢辜负日头。"

说了一阵，二老想走了，老船夫便站到门口去喊叫翠翠，要她到屋里来烧水煮饭，掉换他自己看船。翠翠不肯上岸，客人却已下船了。翠翠把船拉动时，祖父故意装作埋怨神气说：

"翠翠，你不上来，难道要我在家里做媳妇煮饭吗?"

翠翠斜睨了客人一眼，见客人正盯着她，便把脸背过去，抿着嘴儿，很自负地拉着那条横缆。船慢慢拉过对岸了。客人站在船头同翠翠说话。

"翠翠，吃了饭，和你爷爷到我家吊脚楼上去看划船吧？"

翠翠不好意思不说话，便说："爷爷说不去，去了无人守这个船。"

"你呢？"

"爷爷不去，我也不去。"

"你也守船吗？"

"我陪我爷爷。"

"我要一个人来替你们守渡船，好不好？"

嘭的一下船头已撞到岸边土坎上了，船拢了岸。二老向岸上一跃，站在斜坡上说：

"翠翠，难为你！……我回去就要人来替你们。你们赶快吃饭，一同到我家里去看船，今天人多咧，热闹咧。"

翠翠不明白这陌生人的好意，不懂得为什么一定要到他家中去看船，抿着小嘴笑笑，就把船拉回去了。到了家中一边溪岸后，只见那个年轻人还正在对溪小山上，好像等待什么，不即走开。翠翠回转家中，到灶口边去烧火，一面把带点湿气的草塞进灶里去，一面向正在把客人带回的那一葫芦酒试着的祖父询问：

"爷爷，那人说回去就要人来替你，要我们两人去看船，你去不去？"

"你高兴去吗？"

"两人同去我高兴。那个人很好，我像认得他，他是谁？"

祖父心想："这倒对了，人家也觉得你好！"祖父笑着说：

“翠翠，你不记得你前年在大河边时，有个人说要让大鱼咬你吗?”

翠翠明白了，却仍然装不明白，问：“他是谁?”

“你想想看，猜猜看。”

“一本《百家姓》好多人，我猜不着他是张三李四。”

“顺顺船总家的二老，他认识你，你不认识他啊!”他抿了一口酒，像赞美这个酒又像赞美人，低低地说：“好的，妙的，这是难得的。”

过渡的人在门外坎下叫唤着，老祖父口中还是“好的，妙的……”，匆匆下船做事去了。

十

吃饭时隔溪有人喊过渡，翠翠抢着下船，到了那边，方知道原来过渡的人，便是船总顺顺家派来做替手的水手。这人一见翠翠就说道：“二老要你们一吃了饭就去，他已下河了。”见了祖父又说：“二老要你们吃了饭就去，他已下河了。”

张耳听听，便可听出远处鼓声已较繁密，从鼓声里使人想到那些极狭的船，在长潭中笔直前进时，水面上画着如何美丽的长长的线路!

新来的人茶也不吃，便在船头站妥了。翠翠同祖父吃饭时，邀他喝一杯，只是摇头推辞。祖父说：

“翠翠，我不去，你同小狗去好不好?”

“要不去，我也不想去。”

“我去呢？”

“我本来也不想去，但是我愿意陪你去。”

祖父微笑着，“翠翠，翠翠，你陪我去，好的，你就陪我去！”

祖父同翠翠到城里大河边时，河岸边早站满了人。细雨已经停止，地面还是湿湿的。祖父要翠翠过河街船总家吊脚楼上去看船，翠翠却似乎有心事怕到那边去，以为站在河边较好。两人虽在河边站定，不多久，顺顺便派人来把他们请去了。吊脚楼上已有了很多的人。早上过渡时为翠翠所注意的乡绅妻女，受顺顺家的款待，占据了两个最好窗口，一见到翠翠，那女孩子就说：“你来，你来！”翠翠带着点儿羞怯走去，坐在他们身后边条凳上，祖父便走开了。

祖父并不看龙船竞渡，却为一个熟人拉到河上游半里路远近，到一个新碾坊看水碾子去了。老船夫对于水碾子原来就极有兴味的。倚山滨水来一座小小茅屋，屋中有那么一个圆石片子，固定在一个横轴上，斜斜的搁在石槽里。当水闸门抽去时，流水冲激地下的暗轮，上面的圆石片便飞转起来。做主人的管理这个东西，把毛谷倒进石槽中去，把碾好的米弄出，放在屋角隅长方罗筛里，再筛去糠灰。地下全是糠灰，主人头上包着块白布帕子，头上肩上也全是糠灰。天气好时就在碾坊前后隙地里种些萝卜、青菜、大蒜、四季葱。水沟坏了，就把裤子脱去，到河沟里去堆砌石头，修理泄水处。水碾坝若修筑得好，还可装个小小鱼梁，涨小水时就自会有鱼上梁来，不劳而获！在河边管理一个碾坊比管理一只渡船多变化有趣味，情形一看也就明白了。但一个撑渡船的若想有座碾坊，那简直是不可能的妄想。凡碾坊照例是属于当地小财主的产业。那熟人把老船夫带到碾坊边时，就告给他这碾坊业主为谁。两人一面各处视察，一面说话。

那熟人用脚踢着新碾盘说：

"中寨人自己坐在高山寨子上，却欢喜来到这大河边置产业；这是中寨王团总的，值大钱七百吊！"

老船夫转着那双小眼睛，很羡慕的去欣赏一切，估计一切，把头点着，且对于碾坊中物件一一加以很得体的批评。后来两人就坐到那还未完工的白木条凳上去。熟人又说到这碾坊的将来，似乎是团总女儿陪嫁的妆奁。那人于是想起了翠翠，且记起大老过去一时托过他的事情来了，便问道：

"伯伯，你翠翠今年十几岁？"

"满十四进十五岁。"老船夫说过这句话后，便接着在心中计算过去的年月。

"十四岁多能干！将来谁得她真有福气！"

"有什么福气？又无碾坊陪嫁，一个光人。"

"别说一个光人，一个有用的人，两只手敌得过五座碾坊！洛阳桥也是鲁班两只手造成的！……"这样那样的说着，表示对老船夫的抗议。说到后来那人自然笑了。

老船夫也笑了，心想："翠翠有两只手，将来也去造洛阳桥吧，新鲜事！”

那人过了一会又说：

“茶峒人年轻男子眼睛光，选媳妇也极在行。伯伯，你若不多我的心时，我就说个笑话给你听。”

老船夫问：“是什么笑话？”

那人说：“伯伯你若不多心时，这笑话也可以当真话去听咧。”

接着说下去的就是顺顺家大老如何在人家面前赞美翠翠，且如何托他来探听老船夫口气那么一件事。末了同老船夫来转述另一回会话的情形。“我问他：‘大老，大老，你是说真话还是说笑话？’他就说：‘你为我去探听探听那老的，我欢喜翠翠，想要翠翠，是真话呀！’我说：‘我这人口钝得很，说出了口老的一巴掌打来呢？’他说：‘你怕打，你先当笑话去说，不会挨打的！’所以，伯伯，我就把这件真事情当笑话来同你说了。你试想想，他初九从川东回来见我时，我应当如何回答他？”

老船夫记起前一次大老亲口所说的话，知道大老的意思很真，且知道顺顺也欢喜翠翠，心里很高兴。但这件事照规矩得这个人带封点心亲自到碧溪岨家中去说，方见得慎重其事。老船夫说：“等他来时你说：老家伙听过了笑话后，自己也说了个笑话，他说：‘车是车路，马是马路，各有走法。大老若走的是车路，应当由大老爹爹作主，请了媒人来正正经经同我说。若走的是马路，应当自己作主，站在渡口对溪高崖上，为翠翠唱三年六个月的歌。’”

“伯伯，若唱三年六个月的歌动得了翠翠的心，我赶明天就自己来唱歌了。”

“你以为翠翠肯了，我还会不肯吗?”

“不咧，人家以为这件事情你老人家肯了，翠翠便无有不肯呢。”

“不能那么说，这是她的事呵!”

“便是她的事情，可是必须老的作主。人家也仍然以为在日头月光下唱三年六个月的歌，还不如得伯伯说一句话好。”

“那么，我说，我们就这样办。等他从川东回来时，要他同顺顺去说个明白。我呢，我也先问问翠翠。若以为听了三年六个月的歌，再跟那唱歌人走去有意思些，我就请你劝大老走他那弯弯曲曲的马路。”

“那好的。见了他，我就说：‘大老，笑话吗，我已经说过了。真话呢，看你自己的命运去了。’当真看他的命运去了。不过我明白他的命运，还是在你老人家手上捏着的。”

“不是那么说！我若捏得定这件事，我马上就答应了。”

这里两人把话说妥后，就过另一处看一只顺顺新近买来的三舱船去了。河街上顺顺吊脚楼方面，却有了如下事情。

翠翠虽被那乡绅女儿喊到身边去坐，地位非常之好，从窗口望出去，河中一切朗然在望，然而心中可不安宁。挤在其他几个窗口看热闹的人，似乎都常常把眼光从河中景物挪到这边几个人身上来。还有些人故意装成有别的事情样子，从楼这边走过那一边，事实上却全为的是好仔细看看翠翠这方面几个人。翠翠心中老不自在，只想借故跑去。一会儿河下的炮声响了，几只从对河取齐的船只，直向这方面划来，先是四条船皆相去不远，如四支箭在水面射着；到了一半，已有两只船占先了些；再过一会子，那两只船中间便又有一只超过了并进的船只而前。看看船到了税局门前时，第二次炮声又响，那船便胜利了。这时节胜利的已判明属于河街上所划的一只，各处便皆响着庆祝的小鞭炮。那船于是沿了河街吊脚楼划去，鼓声蓬蓬作响，河边与吊脚楼各处，都同时呐喊表示快乐的祝贺。翠翠眼见在船头站定、摇动小旗指挥进退、头上包着红布的那个年轻人，便是送酒葫芦到碧溪岨的二老，心中便印着两年前的旧事："大鱼吃掉你！""吃掉不吃掉，不用你这个人管！""好的，我就不管！""狗，狗，你也看人叫！"想起狗，翠翠才注意到自己身边那只黄狗，早已不知跑到什么地方去，便离了座位，在楼上各处找寻她的黄狗，把船头人忘掉了。

她一面在人丛里找寻黄狗，一面听人家正说些什么话。

一个大脸妇人问："是谁家的人，坐到顺顺家当中窗口前那块好地方？"

一个妇人就说："是寨子上王乡绅大姑娘，今天说是自己来看船，其实来看人，同时也让人看！人家命好，有福分坐那块好地方！"

"看谁人？被谁看？"

"嗨，你还不明白，王乡绅想同顺顺打亲家呢。"

“那姑娘配什么人，是大老，还是二老？”

“说是二老呀，等等你们看这岳云，就会上楼来拜他丈母娘的。”

另有一个女人便插嘴说：“事弄妥了，好得很呢。人家有一座崭新碾坊陪嫁，比十个长年还好一些。”

有人问：“二老怎么样？可乐意？”

有人就轻轻地说：“二老已说过了，这不必看，第一件事我就不想做那个碾坊的主人！”

“你听岳云二老说过吗？”

“我听别人说的。还说二老欢喜一个撑渡船的。”

“他又不是傻小二，不要碾坊，要渡船吗？”

“那谁知道。横顺人是‘牛肉炒韭菜，各人心里爱’，只看各人心里爱什么就吃什么，渡船不会不如碾坊！”

当时各人眼睛对着河里，口中说着这些闲话，却无一个人回头来注意到身后边的翠翠。

翠翠脸发火发烧走到另外一处去，又听有两个人提及这件事，且说：“一切早安排好了，只需要二老一句话。”又说：“只看二老今天那么一股劲儿，就可以猜想得出，这劲儿是岸上一个黄花姑娘给他的！”

谁是激动二老的黄花姑娘？听到这个，翠翠心中不免有点儿乱。

翠翠人矮了些，在人背后已望不见河中情形，只听到擂鼓声渐近渐激越，岸上呐喊声自远而近，便知道二老的船恰恰经过楼下。楼上人也大喊着，夹杂叫着二老的名字。乡绅太太那方面，且有人放小百子鞭炮。忽然有人又用另外一种惊讶声音喊着，且同时便见许多人出门向河下走去。翠翠不知出了什么事，心中有点迷乱，正不知走回原来座位边去好，还是依然站在人背后好，只见那边正有人拿了个托盘，装了一大盘粽子同细点心，在请乡绅太太小姐用点心，不好意思再过那边去，便想也挤出大门外到河下去看看。从河街一个盐店旁边甬道下河时，正在一排吊脚楼的梁柱间，迎面碰头一群人，护着那个头包红布的二老来了。原来二老因失足落水，已从水中爬起来了。路太窄了一些，翠翠虽闪过一旁，与迎面来人仍然得肘子触着肘子。二老一见翠翠就说：

“翠翠，你来了，爷爷也来了吗？”

翠翠脸还发着烧不便作声，心想：“黄狗跑到什么地方去了呢？”

二老又说：“怎不到我家楼上去看呢？我已要人替你弄了个好位子。”

翠翠心想：“碾坊陪嫁，稀奇事情咧。”

二老不能逼迫翠翠回去，到后便各自走开了。翠翠到河下时，小小心腔中充满了一种说不分明的东西。是烦恼吧，不是！是忧愁吧，不是！是快乐吧，不，有什么事情使这个女孩子快乐呢？是生气了吧，——是的，她当真仿佛觉得自己是在生一个人的气，又像是在生自己的气。河边人太多了，码头边浅水中，船桅船篷上，以至于吊脚楼的柱子上，无不挤满了人。翠翠自言自语说：“人那么多，有什么三脚猫好看？”先还以为可以在什么船上发现她的祖父，但各处搜寻了一阵，却无祖父的影子。她挤到水边去，一眼便看到了自己家中那条黄狗，同顺顺家一个长年，正在去岸数丈一只空船上看热闹。翠翠锐声叫喊了两声，黄狗张着耳叶昂头四面一望，便猛的扑下水中，向翠翠方面泅来了。到了身边时，狗身上已全是水，把水抖着且跳跃不已，翠翠便说：“得了，狗，装什么疯！你又不翻船，谁要你落水呢？”

翠翠同黄狗各处找祖父去，在河街上一个木行前恰好遇着了祖父。

老船夫说：“翠翠，我看了个好碾坊，碾盘是新的，水车是新的，屋上稻草也是新的！水坝管着一绺水，急溜溜的，抽水闸时水车转得如陀螺。”

翠翠带着点做作问：“是什么人的？”

“是什么人的？住在山上的员外王团总的。我听人说是那中寨人为女儿作嫁妆的东西，好不阔气，包工就是七百吊大制钱，还不管风车，不管家什。”

“谁讨那个人家的女儿？”

祖父望着翠翠干笑着，“翠翠，大鱼咬你，大鱼咬你。”

翠翠因为对于这件事心中有了个数目，便仍然装着全不明白，只询问祖父：“爷爷，什么人得到那个碾坊？”

“岳云二老！”祖父说了，又自言自语地说：“有人羡慕二老得到碾坊，也有人羡慕碾坊得到二老！”

“谁羡慕呢，爷爷？”

“我羡慕。”祖父说着便又笑了。

翠翠说：“爷爷，你今天又喝醉了。”

“可是二老还称赞你长得美呢。”

翠翠说：“爷爷，你醉疯了。”

祖父说：“爷爷不醉不疯……去，我们到河边看他们放鸭子去。”他还想说：“二老捉得鸭子，一定又会送给我们的。”话不及说，二老来了，站在翠翠面前微笑着。翠翠也微笑着。

于是三个人回到吊脚楼上去。

十一

有人带了礼物到碧溪岨。掌水码头的顺顺，当真请了媒人为儿子向渡船的攀亲戚来了。老船夫慌慌张张把这个人渡过溪口，一同到家里去。翠翠正在屋门前剥豌豆，来了客并不如何注意。但一听到客人进门说“贺喜贺喜”，心中有事，不敢再蹲在屋门边，就装作追赶菜园地的鸡，拿了竹响篙唰唰的摇着，一面口中轻轻喝着，向屋后白塔跑去了。

来人说了些闲话，言归正传转述到顺顺的意见时，老船夫不知如何回答，只是很惊惶地搓着两只茧结的大手，好像这不会真有其事，而且神气中只像在说“那好的，那妙的”，其实这老头子却不曾说过一句话。

来人把话说完后，就问做祖父的意见怎么样。老船夫笑着把头点着说："大老想走车路，这个很好。可是我得问问翠翠，看她自己主张怎么样。"来人被打发走后，祖父在船头叫翠翠下河边来说话。

翠翠拿了一簸箕豌豆下到溪边，上了船，娇娇地问他的祖父："爷爷，你有什么事？"祖父笑着不说什么，只偏着个白发盈颠的头看着翠翠，看了许久。翠翠坐到船头，有点不好意思，低下头去剥豌豆，耳中听着远处竹篁里的黄鸟叫。翠翠想："日子长咧，爷爷话也长了。"翠翠心轻轻地跳着。

过了一会，祖父说："翠翠，翠翠，先前来的那个伯伯来做什么，你知道不知道？"

翠翠说："我不知道。"说后脸同脖颈全红了。

祖父看看那种情景，明白翠翠的心事了，便把眼睛向远处望去，在空雾里望见了十五年前翠翠的母亲，老船夫心中异常柔和了。轻轻的自言自语说："每一只船总要有个码头，每一只雀儿得有个巢。"他同时想起那个可怜的母亲过去的事情，心中有了一点隐痛，却勉强笑着。

翠翠呢，正从山中黄鸟、杜鹃叫声里，以及山谷中伐竹人嗍嗍一下一下的砍伐竹子声音里，想到许多事情。老虎咬人的故事，和人对骂时四句头的山歌，造纸作坊中的方坑，铁工厂熔铁炉里泄出的铁汁……耳朵听来的，眼睛看到的，她似乎都要去温习温习。她所以这样做，又似乎全只为了希望忘掉眼前的一桩事而起。但她实在有点误会了。

祖父说："翠翠，船总顺顺家里请人来做媒，想讨你做媳妇，问我愿不愿。我呢，人老了，再过三年两载会过去的，我没有不愿意的事情。这是你自己的事，你自己想想，自己来说。愿意，就成了；不愿意，也好。”

翠翠不知如何处理这个问题，装作从容，怯怯地望着老祖父。又不便问什么，当然也不好回答。

祖父又说：“大老是个有出息的人，为人又正直，又慷慨，你嫁了他，算是命好！”

翠翠弄明白了，人来做媒的是大老！不曾把头抬起，心忡忡地跳着，脸烧得厉害，仍然剥她的豌豆，且随手把空豆荚抛到水中去，望着它们在流水中从从容容地流去，自己也俨然从容了许多。

见翠翠总不作声，祖父于是笑了，且说：“翠翠，想几天不碍事。洛阳桥不是一个晚上造得好的①，要日子咧。前次那个人来，就向我说起这件事，我已经告过他：车是车路，马是马路，各有规矩！想爸爸作主，请媒人正正经经来说是车路；要自己作主，站到对溪高崖竹林里为你唱三年六个月的歌是马路，——你若欢喜走马路，我相信人家会为你在日头下唱热情的歌，在月光下唱温柔的歌，像只洋鹊一样一直唱到吐血喉咙烂！”

翠翠不作声，心中只想哭，可是也无理由可哭。祖父再说下去，便引到死去了的母亲来了。老人话说了一阵，沉默了。

---

① 洛阳桥并不是一个晚上造得好的：洛阳桥一称“万安桥”，在福建省泉州市东北同惠安县交界的洛阳江上。由北宋政治家蔡襄主持修建，历时六年始告竣工（一〇五三至一〇五九）。关于这座桥有许多传说故事。

翠翠悄悄把头掻过一些，见祖父眼中业已酿了一汪眼泪。翠翠又惊又怕怯生生地说："爷爷，你怎么的？"祖父不作声，用大手掌擦着眼睛，小孩子似的咕咕笑着，跳上岸跑回家中去了。

翠翠心中乱乱的，想赶去却不赶去。

雨后放晴的天气，日头炙到人肩上背上已有了点儿力量。溪边芦苇水杨柳，菜园中菜蔬，莫不繁荣滋茂，带着一分有野性的生气。草丛里绿色蚱蜢各处飞着，翅膀搏动空气时窸窸作声。枝头新蝉声音已渐渐宏大。两山深翠逼人的竹篁中，有黄鸟与竹雀、杜鹃鸣叫。翠翠感觉着，望着，听着，同时也思索着：

"爷爷今年七十岁……三年六个月的歌——谁送那只白鸭子呢？……得碾子的好运气，碾子得谁更是好运气？……"

痴着，忽地站起，半簸箕豌豆便倾倒到水中去了。伸手把那簸箕从水中捞起时，隔溪有人喊过渡。

十二

翠翠第二天在白塔下菜园地里，第二次被祖父询问到自己主张时，仍然心儿忡忡地跳着，把头低下不作理会，只顾用手去掐葱。祖父笑着，心想："还是等等看，再说下去这一坪葱会全掐掉了。"同时似乎又觉得这其间有点古怪，不好再说下去，便自己按捺住言语，用一个做作的笑话，把问题引到另外一件事情上去了。

天气渐渐热了。近六月时，天气热了些，老船夫把一个满是灰尘的黑陶缸子，从屋角隅里搬出。自己还匀出些闲工夫，拼了几方木板，作成一个圆盖。又锯木头做成一个三脚架子，且削刮了个大竹筒，用葛藤系定，放在缸边作为舀茶的家具。自从这茶缸移到屋门溪边后，每早上翠翠就烧一大锅开水，倒进那缸子里去。有时缸里加些茶叶，有时却只放下一些用火烧焦的锅巴，趁那东西还燃着时便抛进缸里去。老船夫且照例准备了些发痧肚痛、治疱疮疡子的草根木皮，把这些药搁在家中当眼处，一见过渡人神气不对，就忙匆匆的把药取来，善意地勒迫这过路人使用他的药方，且告人这许多救急丹方的来源（这些丹方自然全是他从城中军医同巫师学来的）。他终日裸着两只膀子，在溪中方头船上站定，头上还常常是光光的，一头短短白发，在日光下如银子。翠翠依然是个快乐人，屋前屋后跑着唱着，不走动时就坐在门前高崖树荫下，吹小竹管儿玩。爷爷仿佛把大老提婚的事早已忘掉，翠翠自然也似乎忘掉这件事情了。

可是那做媒的不久又来探口气了，依然同从前一样，祖父把事情成否全推到翠翠身上去，打发了媒人上路。回头又同翠翠谈了一次，也依然不得结果。

老船夫猜不透这事情在这什么方面有个疙瘩，解除不去，夜里躺在床上便常常陷入一种沉思里去，隐隐约约体会到一件事情——翠翠爱二老不爱大老，想到了这里时，他笑了，为了害怕而勉强笑了。其实他有点忧愁，因为他忽然觉得翠翠一切全像那个母亲，而且隐隐约约便感觉到这母女二人共同的命运。一堆过去的事情蜂拥而来，不能再睡下去了，一个人便跑出门外，到那临溪高崖上去，望天上的星辰，听河边纺织娘和一切虫类如雨的声音，许久许久还不睡觉。

这件事翠翠自然是注意不及的。这小女孩子日里尽管玩着，工作着，也同时为一些很神秘的东西驰骋她那颗小小的心，但一到夜里，却甜甜地睡眠了。

不过一切皆得在一份时间中变化。这一家安静平凡的生活，也因了一堆接连而来的日子，在人事上把那安静空气完全打破了。

船总顺顺家中一方面，天保大老的事已被二老知道了，傩送二老同时也让他哥哥知道了弟弟的心事。这一对难兄难弟原来同时都爱上了那个撑渡船的外孙女。这事情在本地人说来并不稀奇。边地俗话说："火是各处可烧的，水是各处可流的，日月是各处可照的，爱情是各处可到的。"有钱船总儿子，爱上一个弄渡船的穷人家女儿，不能成为稀罕的新闻。有一点困难处，只是这两兄弟到了谁应取得这个女人做媳妇时，是不是也还得照茶峒人规矩，来一次流血的挣扎？

兄弟两人在这方面是不至于动刀的，但也不作兴有"情人奉让"，如大都市懦怯男子爱与仇对面时做出的可笑行为。

那哥哥同弟弟在河上游一个造船的地方，看他家中那一只新船，在新船旁把一切心事全告给了弟弟，且附带说明，这点念头还是两年前植下根基的。弟弟微笑着，把话听下去。两人从造船处沿了河岸又走到王乡绅新碾坊去，那大哥就说：

“二老，你运气倒好，作了王团总女婿，有座碾坊。我呢，若把事情弄好了，我应当接那个老的手来划渡船了。我欢喜这个事情，我还想把碧溪岨两个山头买过来，在界线上种一片大楠竹，围着这一条小溪做为我的寨子！”

那二老仍然默默的听着，把手中拿的一把弯月形镰刀随意斫削路旁的草木，到了碾坊时，却站住了向他哥哥说：

“大老，你信不信这女子心上早已有了个人？”

“我相信。”

“大老，你信不信这碾坊将来归我？”

“我不信。”

两人于是进了碾坊。

二老又说：“你不必——大老，我再问你，假若我不想得到这座碾坊，却打量要那只渡船，而且这念头也是两年前的事，你信不信呢？”

那大哥听来真着了一惊，望了一下坐在碾盘横轴上的傩送二老，知道二老不是说谎，于是站近了一点，伸手在二老肩上拍打了一下，且想把二老拉下来。他明白了这件事，他笑了。他说：“我相信的，你说的全是真话！”

二老把眼睛望着他的哥哥，很诚实地说：

“大老，相信我，这是真事。我早就那么打算到了。家中不答应，那边若答应了，我当真预备去弄渡船的！——你告我，你呢？”

“爸爸已听了我的话，为我要城里的杨马兵做保山，向划渡船说亲去了！”大老说到这个求亲手续时，好像知道二老要笑他，又解释要保山去的用意，只是因为老的说车有车路，马有马路，我就走了车路。

“结果呢？”

“得不到什么结果。老的口上含李子，说不明白。”

“马路呢？”

“马路呢，那老的说若走马路，我得在碧溪岨对溪高崖上唱三年六个月的歌。把翠翠心唱软，翠翠就归我了。”

“这并不是个坏主张！”

“是呀，一个结巴人话说不出还唱得出。可是这件事轮不到我了，我不是竹雀，不会唱歌。鬼知道那老人家存心是要把孙女儿嫁个会唱歌的水车，还是预备规规矩矩嫁个人！”

“那你怎么样？”

“我想告那老的，要他说句实在话。只一句话。不成，我跟船下桃源去了；成呢，便是要我撑渡船，我也答应了他。”

“唱歌呢？”

“二老，这是你的拿手好戏，你要去做竹雀，你就赶快去吧，我不会捡马粪塞你嘴巴的。”

二老看到哥哥那种样子，便知道为这件事哥哥感到的是一种如何烦恼了。他明白他哥哥的性情，代表了茶峒人粗鲁爽直一面，弄得好，掏出心子来给人也很慷慨做去；弄不好，亲舅舅也必一是一，二是二。大老何尝不想在车路上失败时走马路；但他一听到二老的坦白陈述后，他就知道马路只二老有分，他自己的事不能提了。因此他有点气恼，有点愤慨，自然是无从掩饰的。

二老想出了个主意，就是两兄弟月夜里同到碧溪岨去唱歌，莫让人知道是弟兄两个，两人轮流唱下去，谁得到回答，谁便继续用那张唱歌胜利的嘴唇，服侍那划渡船的外孙女。大老不善于唱歌，轮到大老时也仍然由二老代替。两人凭命运来决定自己的幸福，这么办可说是极公平了。提议时，那大老还以为他自己不会唱，也不想请二老替他做竹雀。但二老那种诗人性格，却使他很固执地要哥哥实行这个办法。二老说必须这样做，一切才公平一点。

大老把弟弟提议想想，做了一个苦笑。“×娘的，自己不是竹雀，还请老弟做竹雀！好，就是这样子，我们各人轮流唱，我也不要你帮忙，一切我自己来吧。树林子里的猫头鹰，声音不动听，要老婆时也仍然是自己叫下去，不请人帮忙的！”

两人把事情说妥当后，算算日子，今天十四，明天十五，后天十六，接连而来的三个日子，正是有大月亮天气。气候既到了中夏，半夜里不冷不热，穿了白家机布[1]汗褂，到那些月光照及的高崖上去，遵照当地的习惯，很诚实与坦白去为一个“初生之犊”的黄花女唱歌。露水降了，歌声温了，到应当回家了时，就趁残月赶回家去。或过那些熟识的整夜工作不息的碾

① 白家机布：指自己家用机织的白布。

坊里去，躺到温暖的谷仓里小睡，等候天明。一切安排皆极其自然，结果是什么，两人虽不明白，但也看得极其自然。两人便决定了从当夜起始，来做这种为当地习惯所认可的竞争。

十三

黄昏来时，翠翠坐在家中屋后白塔下，看天空被夕阳烘成桃花色的薄云。十四中寨逢场，城中生意人过中寨收买山货的很多，过渡人也特别多。祖父在溪中渡船上忙个不息。天快夜了，别的雀子似乎都在休息了，只杜鹃叫个不息。石头泥土为白日晒了一整天，草木为白日晒了一整天，到这时节皆放散一种热气。空气中有泥土气味，有草木气味，且有甲虫类气味。翠翠看着天上的红云，听着渡口飘乡生意人的杂乱声音，心中有些儿薄薄的凄凉。

黄昏照样的温柔、美丽、平静。但一个人若体念到这个当前一切时，也就照样的在这黄昏中会有点儿薄薄的凄凉。于是，这日子成为痛苦的东西了。翠翠觉得好像缺少了什么。好像眼见到这个日子过去了，想要在一件新的人事上攀住它，但不成。好像生活太平凡了，忍受不住。

“我要坐船下桃源县过洞庭湖，让爷爷满城打锣去叫我，点了灯笼火把去找我。”

她便同祖父故意生气似的，很放肆的去想到这样一件事。她且想象出走后，祖父用各种方法寻觅她都无结果，到后如何无可奈何躺在渡船上。

“人家喊：‘过渡，过渡，老伯伯，你怎么的！不管事！’‘怎么的？翠翠走了，下桃源县了！’‘那你怎么办？’‘怎么办吗？拿了把刀，放在包袱里，搭下水船去杀了她！’……”

翠翠仿佛当真听着这种对话，吓怕起来了，一面锐声喊着她的祖父，一面从坎上跑向溪边渡口去。见到了祖父正把船拉在溪中心，船上人喁喁说着话，小小心子还依然跳跃不已。

“爷爷，爷爷，你把船拉回来呀！”

那老船夫不明白她的意思，还以为是翠翠要为他代劳了，就说：

“翠翠，等一等，我就回来！”

“你不拉回来了吗？”

“我就回来！”

翠翠坐在溪边，望着溪面为暮色所笼罩的一切，且望到那只渡船上一群过渡人，其中有个吸旱烟的打着火镰吸烟，把烟杆在船边剥剥地敲着烟灰，就忽然哭起来了。

祖父把船拉回来时，见翠翠痴痴地坐在岸边，问她是什么事，翠翠不作声。祖父要她去烧火煮饭，想了一会儿，觉得自己哭得可笑，一个人便回到屋中去，坐在黑黝黝的灶边把火烧燃后，她又走到门外高崖上去，喊叫她的祖父，要他回家里来。在职务上毫不儿戏的老船夫，因为明白过渡人皆是要赶回城中吃晚饭的人，来一个就渡一个，不便要人站在那岸边呆等，故不上岸来。只站在船头告翠翠，且让他做点事，把人渡完事后，就会回家里来吃饭。

翠翠第二次请求祖父，祖父不理会，她坐在悬崖上，很觉得悲伤。

天夜了，有一匹大萤火虫尾上闪着蓝光，很迅速的从翠翠身旁飞过去，翠翠想："看你飞得多远！"便把眼睛随着那萤火虫的明光追去。杜鹃又叫了。

"爷爷，为什么不上来？我要你！"

在船上的祖父听到这种带着娇、有点儿埋怨的声音，一面粗声粗气地答道："翠翠，我就来，我就来！"一面心中却自言自语："翠翠，爷爷不在了，你将怎么样？"

老船夫回到家中时，见家中还黑黝黝的，只灶间有火光，见翠翠坐在灶边矮条凳上，用手蒙着眼睛。

走过去才晓得翠翠已哭了许久。祖父一个下半天来，都弯着个腰在船上拉来拉去，歇歇时手也酸了，腰也酸了，照规矩，一到家里就会嗅到锅中所焖瓜菜的味道，且可看见翠翠安排晚饭在灯光下跑来跑去的影子。今天情形竟不同了一点。

祖父说："翠翠，我来慢了，你就哭，这还成吗？我死了呢？"

翠翠不作声。

祖父又说："不许哭，做一个大人，不管有什么事都不许哭。要硬扎一点，结实一点，才配活到这块土地上！"

翠翠把手从眼睛边移开，靠近了祖父身边去，"我不哭了。"

两人吃饭时，祖父为翠翠说到一些有趣味的故事。因此提到了死去了的翠翠的母亲。两人在豆油灯下把饭吃过后，老船夫因为工作疲倦，喝了半碗白酒，故饭后兴致极好，又同翠翠到门外高崖上月光下去说故事。说了些那个可怜母亲的乖巧处，同时且说到那可怜母亲性格强硬处，使翠翠听来神往倾心。

翠翠抱膝坐在月光下，傍着祖父身边，问了许多关于那个可怜母亲的故事。间或吁一口气，似乎心中压上了些分量沉重的东西，想挪移得远一点，才吁着这种气，可是却无从把那东西挪开。

月光如银子，无处不可照及，山上篁竹在月光下皆成为黑色。身边草丛中虫声繁密如落雨。间或不知道从什么地方，忽然会有一只草莺"落落落落嘘！"啭着它的喉咙，不久之间，这小鸟儿又好像明白这是半夜，不应当那么吵闹，便仍然闭着那小小眼儿安睡了。

祖父夜来兴致很好，为翠翠把故事说下去，就提到了本城人二十年前唱歌的风气，如何驰名于川黔边地。翠翠的父亲，便是唱歌的第一手，能用各种比喻解释爱与憎的结子，这些事也说到了。翠翠母亲如何爱唱歌，且如何同父亲在未认识以前在白日里对歌，一个在半山上竹篁里砍竹子，一个在溪面渡船上拉船，这些事也说到了。

翠翠问："后来怎么样？"

祖父说："后来的事当然长得很，最重要的事情，就是这种歌唱出了你。"

十四

老船夫做事累了睡了，翠翠哭倦了也睡了。翠翠不能忘记祖父所说的事情，梦中灵魂为一种美妙歌声浮起来了，仿佛轻轻地各处飘着，上了白塔，下了菜园，到了船上，又复飞窜过悬崖半腰——去做什么呢？摘虎耳草[①]！白日里拉船时，她仰头望着崖上那些肥大虎耳草已极熟习。崖壁三五丈高，平时攀折不到手，这时节却可以选顶大的叶子作伞。

一切皆像是祖父说的故事，翠翠只迷迷糊糊地躺在粗麻布帐子里草席上，以为这梦做得顶美顶甜。祖父却在床上醒着，张起个耳朵听对溪高崖上的人唱了半夜的歌。他知道那是谁唱的，他知道是河街上天保大老走马路的第一着，因此又忧愁又快乐地听下去。翠翠因为日里哭倦了，睡得正好，他就不去惊动她。

第二天天一亮，翠翠就同祖父起身了，用溪水洗了脸，把早上说梦的忌讳去掉了，翠翠赶忙同祖父去说昨晚上所梦的事情。

“爷爷，你说唱歌，我昨天就在梦里听到一种顶好听的歌声，又软又缠绵，我像跟了这声音各处飞，飞到对溪悬崖半腰，摘了一大把虎耳草，得到了虎耳草，我可不知道把这个东

---

① 虎耳草：多年生草本，有匐枝，全株有细毛。叶沿地丛生，状如心，下面紫红色。供观赏。

西交给谁去了。我睡得真好，梦得真有趣！”

祖父温和悲悯地笑着，并不告给翠翠昨晚上的事实。

祖父心里想：“做梦一辈子更好，还有人在梦里做宰相中状元咧。”

昨晚上唱歌的，老船夫还以为是天保大老，日来便要翠翠守船，借故到城里去送药，探探情形。在河街见到了大老，就一把拉住那小伙子，很快乐地说：

“大老，你这个人，又走车路又走马路，是怎样一个狡猾东西！”

但老船夫却做错了一件事情，把昨晚唱歌人“张冠李戴”了。这两弟兄昨晚上同时到碧溪岨去，为了做哥哥的走车路占了先，无论如何也不肯先开腔唱歌，一定得让那弟弟先唱。弟弟一开口，哥哥却因为明知不是敌手，更不能开口了。翠翠同她祖父晚上听到的歌声，便全是那个傩送二老所唱的。大老伴弟弟回家时，就决定了同茶峒地方离开，驾家中那只新油船下驶，好忘却了上面的一切。这时正想下河去看新船装货。老船夫见他神情冷冷的，不明白他的意思，就用眉眼做了一个可笑的记号，表示他明白大老的冷淡是装成的，表示他有好消息可以奉告。

他拍了大老一下，轻轻地说：

“你唱得很好，别人在梦里听着你那个歌，为那个歌带得很远，走了不少的路！你是第一号，是我们地方唱歌第一号。”

大老望着弄渡船的老船夫涎皮的老脸，轻轻地说：

“算了吧，你把宝贝孙女送给会唱歌的竹雀吧。”

这句话使老船夫完全弄不明白他的意思。大老从一个吊脚楼甬道走下河去了，老船夫也跟着下去。到了河边，见那只新船正在装货，许多油篓子搁到岸边。一个水手正用茅草扎成长束，备作船舷上挡浪用的茅把。还有人坐在河边石头上，用脂油擦抹桨板。老船夫问那个水手，这船什么日子下行，谁押船。那水手把手指着大老。老船夫搓着手说：

“大老，听我说句正经话，你那件事走车路，不对；走马路，你有分的！”

那大老把手指着窗口说：“伯伯，你看那边，你要竹雀做孙女婿，竹雀在那里啊！”

老船夫抬头望见二老，正在窗口整理一个渔网。

回碧溪岨到渡船上时，翠翠问：

“爷爷，你同谁吵了架，面色那样难看！”

祖父莞尔而笑。他到城里的事情，不告给翠翠一个字。

十五

大老坐了那只新油船向下河走去了，留下傩送二老在家。老船夫方面还以为上次歌声既归二老唱的，在此后几个日子里自然还会听到那种歌声。一到了晚间就故意从别样事情上，促翠翠注意夜晚的歌声。两人吃完饭坐在屋里，因屋前滨水，长脚蚊子一到黄昏就嗡嗡地叫着，翠翠便把蒿艾束成的烟包点燃，向屋中角隅各处晃着驱逐蚊子。晃了一阵，估计全屋子里已为蒿艾烟气熏透了，方搁到床前地上去，再坐在小板凳上来听祖父说话。从一些故事上慢慢的谈到了唱歌，祖父话说得很妙。祖父到后发问道：

“翠翠，梦里的歌可以使你爬上高崖去摘那虎耳草，若当真有谁来在对溪高崖上为你唱歌，你怎么样？”祖父把话当笑话说着的。

翠翠便也当笑话答道：“有人唱歌我就听下去，他唱多久我也听多久！”

“唱三年六个月呢？”

“唱得好听，我听三年六个月。”

“这不大公平吧。”

“怎么不公平？为我唱歌的人，不是极愿意我长远听他的歌吗？”

“照理说：炒菜要人吃，唱歌要人听。可是人家为你唱，是要你懂他歌里的意思！”

“爷爷，懂歌里什么意思？”

“自然是他那颗想同你要好的真心！不懂那点心事，不是同听竹雀唱歌一样了吗？”

“我懂了他的心又怎么样？”

祖父用拳头把自己腿重重地捶着，且笑着：“翠翠，你人乖，爷爷笨得很，话也不说得温柔，莫生气。我信口开河，说个笑话给你听。你应当当笑话听。河街天保大老走车路，请保山来提亲，我告诉过你这件事了，你那神气不愿意，是不是？可是，假若那个人还有个兄弟，想走马路，为你来唱歌，向你求婚，你将怎么说？”

翠翠吃了一惊，低下头去。因为她不明白这笑话有几分真，又不清楚这笑话是谁诌的。

祖父说：“你告诉我，愿意哪一个？”

翠翠便微笑着轻轻的带点儿恳求的神气说：

“爷爷莫说这个笑话吧。”翠翠站起身了。

“我说的若是真话呢？”

“爷爷你真是个……”翠翠说着走出去了。

祖父说：“我说的是笑话，你生我的气吗？”

翠翠不敢生祖父的气，走近门限边时，就把话引到另外一件事情上去：“爷爷，看天上的月亮，那么大！”说着，出了屋外，便在那一派清光的露天中站定。站了一会儿，祖父也从屋中出到外边来了。翠翠于是坐到那白日里为强烈阳光晒热的岩石上去，石头正散发日间所储的余热。祖父就说：

“翠翠，莫坐热石头，免得生坐板疮。”

但自己用手摸摸后，自己便也坐到那岩石上了。

月光极其柔和，溪面浮着一层薄薄白雾，这时节对溪若有人唱歌，隔溪应和，实在太美丽了。翠翠还记着先前祖父说的笑话。耳朵又不聋，祖父的话说得极分明，一个兄弟走马路，唱歌来打发这样的晚上，算是怎么回事？她似乎为了等着这样的歌声，沉默了许久。

她在月光下坐了一阵，心里却当真愿意听一个人来唱歌。久之，对溪除了一片草虫的清音复奏以外别无所有。翠翠走回家里去，在房门边摸着了那个芦管，拿出来在月光下自己吹着。觉吹得不好，又递给祖父要祖父吹。老船夫把那个芦管竖在嘴边，吹了个长长的曲子，翠翠的心被吹柔软了。

翠翠依傍祖父坐着，问祖父：

"爷爷，谁是第一个做这个小管子的人？"

"一定是个最快乐的人，因为他分给人的也是许多快乐；可又像是个最不快乐的人做的，因为他同时也可以引起人不快乐！"

"爷爷，你不快乐了吗？生我的气了吗？"

"我不生你的气。你在我身边，我很快乐。"

"我万一跑了呢？"

"你不会离开爷爷的。"

"万一有这种事，爷爷你怎么样？"

"万一有这种事，我就驾了这只渡船去找你。"

翠翠嗤的笑了，"凤滩、茨滩不为凶，下面还有绕鸡笼；绕鸡笼也容易下，青浪滩浪如屋大。爷爷你渡船也能下凤滩、茨滩、青浪滩吗？那些地方的水，你不说过吗？"

祖父说："翠翠，我到那时可真像疯子，还怕大水大浪？"

翠翠俨然极认真地想了一下，就说："爷爷，我一定不走，可是，你会不会走？你会不会被一个人抓到别处去？"

祖父不作声了，他想到被死亡抓走那一类事情。

老船夫打量着自己被死亡抓走以后的情形，痴痴地看望天南角上一颗星子，心想：“七月八月天上方有流星，人也会在七月八月死去吧？”又想起白日在河街上同大老谈话的经过，想起中寨人陪嫁的那座碾坊，想起二老！想起一大堆事情，心中有点儿乱。

翠翠忽然说：“爷爷，你唱个歌给我听听，好不好？”

祖父唱了十个歌，翠翠傍在祖父身边，闭着眼睛听下去，等到祖父不作声时，翠翠自言自语说：“我又摘了一把虎耳草了。”

祖父所唱的歌便是那晚上听来的歌。

十六

二老有机会唱歌却从此不再到碧溪岨唱歌。十五过去了，十六也过去了，到了十七，老船夫忍不住了，进城往河街去找寻那个年轻小伙子，到城门边正预备入河街时，就遇着上次为大老做保山的杨马兵，正牵了一匹骡马预备出城，一见老船夫，就拉住了他：

“伯伯，我正有事情告你，碰巧你就来城里！”

“什么事？”

“天保大老坐下水船到茨滩出了事，闪不知这个人掉到滩下漩水里就淹坏了。早上顺顺家里得到这个信，听说二老一早就赶去了。”

这消息同有力巴掌一样重重的掴了他那么一下，他不相信这是当真的消息。他故作从容的说：

“天保大老淹坏了吗？从不闻有水鸭子被水淹坏的！”

“可是那只水鸭子仍然有那么一次被淹坏了……我赞成你的卓见，不让那小子走车路十分顺手。”

从马兵言语上，老船夫还十分怀疑这个新闻，但从马兵神气上注意，老船夫却看清楚这是个真的消息了。他惨惨地说：

“我有什么卓见可言？这是天意！一切都是天意……”老船夫说时心中充满了感情。

特为证明那马兵所说的话有多少可靠处，老船夫同马兵分手后，于是匆匆赶到河街上去。到了顺顺家门前，正有人烧纸钱，许多人围在一处说话。走近去听听，所说的便是杨马兵提到的那件事。但一到有人发现了身后的老船夫时，大家便把话语转了方向，故意来谈下河油价涨落情形了。老船夫心中很不安，正想找一个比较要好的水手谈谈。

一会儿船总顺顺从外面回来了，样子沉沉的，这豪爽正直的中年人，正似乎为不幸打倒，努力想挣扎爬起的神气，一见到老船夫就说：

“老伯伯，我们谈的那件事情吹了吧。天保大老已经坏了，你知道了吧？”

老船夫两只眼睛红红的，把手搓着。“怎么的，这是真事！是昨天，是前天？”

另一个像是赶路同来报信的，插嘴说道：“十六中上，船搁到石包子上，船头进了水，大老想把篙撇着，人就弹到水中去了。”

老船夫说：“你眼见他下水吗?”

“我还与他同时下水!”

“他说什么?”

“什么都来不及说！这几天来他都不说话!”

老船夫把头摇摇，向顺顺那么怯怯地溜了一眼。船总顺顺像知道他的心中不安处，就说：“伯伯，一切是天，算了吧。我这里有大兴场人送来的好烧酒，你拿一点去喝罢。”一个伙计用竹筒上了一筒酒，用新桐木叶蒙着筒口，交给了老船夫。

老船夫把酒拿走，到了河街后，低头向河码头走去，到河边天保大前天上船处去看看。杨马兵还在那里放马到沙地上打滚，自己坐在柳树荫下乘凉，老船夫就走过去请马兵试试那大兴场的烧酒。两人喝了点酒后，兴致似乎皆好些了，老船夫就告给杨马兵，十四夜里二老两兄弟过碧溪岨唱歌那件事情。

那马兵听到后便说：

“伯伯，你是不是以为翠翠愿意二老应该派归二老……”

话没说完，傩送二老却从河街下来了。这年轻人正像要远行的样子，一见了老船夫就回头走去。杨马兵就喊他说：“二老，二老，你来，有话同你说呀!”

二老站定了，很不高兴神气，问马兵“有什么话说”。马兵望望老船夫，就向二老说：“你来，有话说!”

“什么话?”

“我听人说你已经走了——你过来我同你说，我不会吃掉你！

那黑脸宽肩膊，样子虎虎有生气的傩送二老，勉强笑着，到了柳荫下时，老船夫想把空气缓和下来，指着河上游远处那座新碾坊说："二老，听人说那碾坊将来是归你的！归了你，派我来守碾子，行不行？"

二老仿佛听不惯这个询问的用意，便不作声。杨马兵看风头有点儿僵，便说："二老，你怎么的，预备下去吗？"那年轻人把头点点，不再说什么，就走开了。

老船夫讨了个没趣，很懊恼地赶回碧溪岨去，到了渡船上时，就装作把事情看得极随便似的，告给翠翠。

"翠翠，今天城里出了件新鲜事情，天保大老驾油船下辰州，运气不好，掉到茨滩淹坏了。"

翠翠因为听不懂，对于这个报告最先好像全不在意。祖父又说：

"翠翠，这是真事。上次来到这里做保山的杨马兵，还说我早不答应亲事，极有见识！"

翠翠瞥了祖父一眼，见他眼睛红红的，知道他喝了酒，且有了点事情不高兴，心中想："谁撩你生气？"船到家边时，祖父不自然地笑着向家中走去。翠翠守船，半天不闻祖父声息，赶回家去看看，见祖父正坐在门槛上编草鞋耳子。

翠翠见祖父神气极不对，就蹲到他身前去。

"爷爷，你怎么啦？"

"天保当真死了！二老生了我们的气，以为他家中出这件事情，是我们分派的！”

有人在溪边大喊渡船过渡，祖父匆匆出去了。翠翠坐在那屋角隅稻草上，心中极乱，等等还不见祖父回来，就哭起来了。

十七

祖父似乎生谁的气，脸上笑容减少了，对于翠翠方面也不大注意了。翠翠像知道祖父已不很疼她，但又像不明白它的原因。但这并不是很久的事，日子一过去，也就好了。两人仍然划船过日子，一切依旧，唯对于生活，却仿佛什么地方有了个看不见的缺口，始终无法填补起来。祖父过河街去仍然可以得到船总顺顺的款待，但很明显的事，那船总却并不忘掉死去者死亡的原因。二老出北河下辰州走了六百里，沿河找寻那个可怜哥哥的尸骸，毫无结果，在各处税关上贴下招字，返回茶峒来了。过不久，他又过川东去办货，过渡时见到老船夫。老船夫看看那小伙子，好像已完全忘掉了从前的事情，就同他说话。

“二老，大六月日头毒人，你又上川东去，不怕辛苦？”

“要饭吃，头上是火也得上路！”

“要吃饭！二老家还少饭吃！”

“有饭吃，爹爹说年轻人也不应该在家中白吃不做事！”

“你爹爹好吗？”

“吃得做得，有什么不好！”

“你哥哥坏了，我看你爹爹为这件事情也好像萎悴多了！”

二老听到这句话，不作声了，眼睛望着老船夫屋后那个白塔。他似乎想起了过去那个晚上，那件旧事，心中十分惆怅。

老船夫怯怯地望了年轻人一眼，一个微笑在脸上漾开。

“二老，我家里翠翠说，五月里有天晚上，做了个梦……”说时他又望望二老，见二老并不惊讶，也不厌烦，于是又接着说，“她梦得古怪，说在梦中被一个人的歌声浮起来，上对溪悬岩摘了一把虎耳草!”

二老把头偏过一旁去作了一个苦笑，心中想到“老头子倒会做作”。这点意思在那个苦笑上，仿佛同样泄露出来，仍然被老船夫看到了，老船夫就说：“二老，你不相信吗?”

那年轻人说：“我怎么不相信？因为我做傻子在那边岩上唱过一晚的歌!”

老船夫被一句料想不到的老实话窘住了，口中结结巴巴地说：“这是真的……这是假的……”

“怎么不是真的？天保大老的死，难道不是真的?”

“可是，可是……”

老船夫的做作处，原意只是想把事情弄明白一点，但一起始自己叙述这段事情时，方法上就有了错处，故反而被二老误会了。他这时正想把那夜的情形好好说出来，船已到了岸边。二老一跃上了岸，就想走去。老船夫在船上显得更加忙乱的样子说：

“二老，二老，你等等，我有话同你说，你先前不是说到那个——你做傻子的事情吗？你并不傻，别人才当真为你那歌弄成傻相!”

那年轻人虽站定了，口中却轻轻地说：“得了够了，不要说了。”

老船夫说：“二老，我听人说你不要碾子要渡船，这是杨马兵说的，不是真的吧?”

那年轻人说：“要渡船又怎样?”

老船夫看看二老的神气，心中忽然高兴起来了，就情不自禁地高声叫着翠翠，要她下溪边来。可是，不知翠翠是故意不从屋里出来，还是到别处去了，许久还不见到翠翠的影子，也不闻这个女孩子的声音。二老等了一会，看看老船夫那副神气，一句话不说，便微笑着，大踏步同一个挑担粉条、白糖货物的脚夫走去了。

过了碧溪岨小山，两人应沿着一条曲曲折折的竹林走去，那个脚夫这时节开了口：

“傩送二老，我看那弄渡船的神气，很欢喜你!”

二老不作声。那人就又说道：

“二老，他问你要碾坊还是要渡船，你当真预备做他的孙女婿，接替他那只渡船吗?”

二老笑了。那人又说：

“二老，若这件事派给我，我要那座碾坊。一座碾坊的出息，每天可收七升米，三斗糠。”

二老说：“我回来时向我爹爹去说，为你向中寨人做媒，让你得到那座碾坊吧。至于我呢，我想弄渡船是很好的。只是老家伙为人弯弯曲曲，不利索，大老是他弄死的。”

老船夫见二老那么走去了，翠翠还不出来，心中很不快乐。走回家去看看，原来翠翠并不在家。过一会，翠翠提了个篮子从小山后回来了，方知道大清早翠翠已出门掘竹鞭笋去了。

“翠翠，我喊了你好久，你不听到！”

“喊我做什么？”

“一个人过渡，……一个熟人，我们谈起你，……我喊你，你可不答应！”

“是谁？”

“你猜，翠翠。不是陌生人……你认识他！”

翠翠想起适间从竹林里无意中听来的话，脸红了，半天不说话。

老船夫问：“翠翠，你得了多少鞭笋？”

翠翠把竹篮向地下一倒，除了十来根小小鞭笋外，只是一大把虎耳草。

老船夫望了翠翠一眼，翠翠两颊绯红跑了。

十八

日子平平的过了一个月，一切人心上的病痛，似乎皆在那份长长的白日下医治好了。天气特别热，各人只忙着流汗，用凉水淘江米酒吃，不用什么心事，心事在人生活中，也就留不住了。翠翠每天皆到白塔下背太阳的一面去午睡，高处既极凉快，两山竹篁里叫得使人发松的竹雀和其他鸟类又如此之多，致使她在睡梦里尽为山鸟歌声所浮着，做的梦也便常是顶荒唐的梦。

这并不是人的罪过。诗人们会在一件小事上写出整本整部的诗，雕刻家在一块石头上雕得出骨血如生的人像；画家一撇儿绿，一撇儿红，一撇儿灰，画得出一幅一幅带有魔力的彩画；谁不是为了惦着一个微笑的影子，或是一个皱眉的记号，方弄出那么些古怪成绩？翠翠不能用文字，不能用石头，不能用颜色，把那点心头上的爱憎移到别一件东西上去，却只让她的心，在一切顶荒唐事情上驰骋。她从这份隐秘里，常常得到又惊又喜的兴奋。一点儿不可知的未来，摇撼她的情感极厉害，她无从完全把那种痴处不让祖父知道。

祖父呢，可以说一切都知道了的。但事实上他又却是个一无所知的人。他明白翠翠不讨厌那个二老，却不明白那小伙子二老怎么样。他从船总处与二老处，皆碰过了钉子，但他并不灰心。

"要安排得对一点，方合道理，一切有个命！"他那么想着，就更显得好事多磨起来了。睁着眼睛时，他做的梦比那个外孙女翠翠便更荒唐更寥廓。

他向各个过渡本地人打听二老父子的生活，关切他们如同自己家中人一样。但也古怪，因此他却怕见到那个船总同二老了。一见他们他就不知说些什么，只是老脾气把两只手搓来搓去，从容处完全失去了。二老父子方面皆明白他的意思，但那个死去的人，却用一个凄凉的印象，镶嵌到父子心中，两人便对于老船夫的意思，俨然全不明白似的，一同把日子打发下去。

明明白白夜来并不做梦，早晨同翠翠说话时，那做祖父的会说：

“翠翠，翠翠，我昨晚上做了个好不怕人的梦！”

翠翠问：“什么怕人的梦？”

就装作思索梦境似的，一面细看翠翠小脸长眉毛，一面说出他另一时张着眼睛所做的好梦。不消说，那些梦原来都并不是当真怎样使人吓怕的。

一切河流皆得归海。话起始说得纵极远，到头来总仍然是归到使翠翠低头红脸那件事情上去。待到翠翠显得不大高兴，神气上露出受了点小窘时，这老船夫又才像有了一点儿吓怕，忙着解释，用闲话来遮掩自己所说到那问题的原意。

“翠翠，我不是那么说，我不是那么说。爷爷老了，糊涂了，笑话多咧。”

但有时翠翠却静静地把祖父那些笑话、糊涂话听下去，一直听到后来还抿着嘴儿微笑。

翠翠也会忽然说道：

“爷爷，你真是有一点儿糊涂！”

祖父听过了不再作声，他将说，“我有一大堆心事，”但来不及说，恰好就被过渡人喊走了。

天气热了，过渡人从远处走来，肩上挑的是七十斤担子，到了溪边，贪凉快不即走路，必蹲在岩石下茶缸边喝凉茶，与同伴交换“吹吹棒”烟管，且一面与弄渡船的攀谈。许多子虚乌有的话皆从此说出口来，给老船夫听到了。过渡人有时还因溪水清洁，就溪边洗脚抹澡的，坐得更久话也就更多。祖父把些话转说给翠翠，翠翠也就学懂了许多事情。货物的价钱涨落呀，坐轿搭船的用费呀，放木筏的人把他那个木筏从滩上流下时，十来把大桡子如何活动呀，在小烟船上吃荤烟，大脚婆娘如何烧烟呀……无一不备。

傩送二老从川东押物回到了茶峒。时间已近黄昏了，溪面很寂静，祖父同翠翠在菜园地里看萝卜秧子，翠翠白日中觉睡久了些，觉得有点寂寞，好像听人嘶声喊过渡，就争先走下溪边去。下坎时，见两个人站在码头边，斜阳影里背身看得极分明，正是傩送二老同他家中的长年！翠翠大吃一惊，同小兽物见到猎人一样，回头便向山竹林里跑掉了。但那两个在溪边的人，听到脚步响时，一转身，也就看明白这件事情了。等了一下再也不见人来，那长年又嘶声音喊叫过渡。

老船夫听得清清楚楚，却仍然蹲在萝卜秧地上数菜，心里觉得好笑。他已见到翠翠走去，他知道必是翠翠看明白了过渡人是谁，故蹲在那高岩上不理会。翠翠人小不管事，过渡人求她不干，奈何她不得，故只好嘶着个喉咙叫过渡了。那长年叫了几声，见无人来，就停了，同二老说：“这是什么玩意儿，难道老的害病弄翻了，只剩下翠翠一个人了吗？”二老说：“等等看，不算什么！”就等了一阵。因为这边在静静地等着，园地上老船夫却在心里想：“难道是二老吗？”他仿佛担心搅恼了翠翠似的，就仍然蹲着不动。

但再过一阵，溪边又喊起过渡来了，声音不同了一点，这才真是二老的声音。生气了吧？等久了吧？吵嘴了吧？老船夫一面胡乱估着一面跑到溪边去。到了溪边，见两个人业已上了船，其中之一正是二老。老船夫惊讶地喊叫：

“呀，二老，你回来了！”

年轻人很不高兴似的。“回来了。——你们这渡船是怎么的？等了半天也不来个人！”

“我以为——”老船夫四处一望，并不见翠翠的影子，只见黄狗从山上竹林里跑来，知道翠翠上山了，便改口说：“我以为你们过了渡。”

“过了渡！不得你上船，谁敢开船？”那长年说着，一只水鸟掠着水面飞去。“翠鸟儿归巢了，我们还得赶回家去吃夜饭！”

“早咧，到河街早咧，”说着，老船夫跳上了船，且在心中一面说：“你不是想承继这只渡船吗！”一面把船索拉动，船便离岸了。

“二老，路上累得很！……”

老船夫说着，二老不置可否不动感情听下去。船拢了岸，那年轻小伙子同家中长年话也不说，挑担子翻山走了。那点淡漠印象留在老船夫心上，老船夫于是在两个人身后，捏紧拳头威吓了三下，轻轻地吼着，把船拉回去了。

十九

翠翠向竹林里跑去，老船夫半天还不下船，这件事从傩送二老看来，前途显然有点不利。虽老船夫言词之间，无一句话不在说明“这事有边”，但那畏畏缩缩的说明，极不得体。二老想起他的哥哥，便把这件事曲解了。他有一点愤愤不平，有一点儿气恼。回到家里第三天，中寨有人来探口风，在河街顺顺家中住下，把话问及顺顺，想明白二老是不是还有意接受那座新碾坊。顺顺就转问二老自己意见怎么样。

二老说：“爸爸，你以为这事为你，家中多座碾坊多个人，你可以快活，你就答应了。若果为的是我，我要好好去想一下，过些日子再说它吧。我尚不知道我应当得座碾坊，还是应当得一只渡船。因为我命里或只许我撑个渡船！”

探口风的人把话记住，回中寨去报命，到碧溪岨过渡时，见到了老船夫，想起二老说的话，不由得不眯眯地笑着。老船夫问明白了他是中寨人，就又问他过茶峒做什么事。

那心中有分寸的中寨人说：

“什么事也不做，只是过河街船总顺顺家里坐了一会儿。”

“无事不登三宝殿，坐了一定就有话说！”

“话倒说了几句。”

“说了些什么话？”那人不再说了。老船夫却问道：“听说你们中寨人想把大河边一座碾坊连同家中闺女送给河街上顺顺，这事情有不有了点眉目？”

那中寨人笑了，“事情成了。我问过顺顺，顺顺很愿意和中寨人结亲家，又问过那小伙子……”

“小伙子意思怎么样?”

“他说：我眼前有座碾坊，有条渡船，我本想要渡船，现在就决定要碾坊吧。渡船是活动的，不如碾坊固定。这小子会打算盘呢。”

中寨人是个米场经纪人，话说得极有斤两，他明知道“渡船”指的是什么意思，但他可并不说穿。他看到老船夫口唇嚅动，想要说话，中寨人便又抢着说道：

“一切皆是命，半点不由人。可怜顺顺家那个大老，相貌一表堂堂，会淹死在水里!”

老船夫被这句话在心上戳了一下，把想问的话咽住了。中寨人上岸走去后，老船夫闷闷地立在船头，痴了许久。又把二老日前过渡时落寞神气温习一番，心中大不快乐。

翠翠在塔下玩得极高兴，走到溪边高岩上想要祖父唱唱歌，见祖父不理会她，一路埋怨赶下溪边去，到了溪边方见到祖父神气十分沮丧，可不明白为什么原因。翠翠来了，祖父看看翠翠的快活黑脸儿，粗鲁地笑笑。对溪有扛货物过渡的，便不说什么，沉默地把船拉过溪，到了中心却大声唱起歌来了。把人渡过了溪，祖父跳上码头走近翠翠身边来，还是那么粗鲁地笑着，把手抚着头额。

翠翠说：“爷爷怎么的，你发痧了？你躺到荫下去歇歇，我来管船!”

“你来管船，好的，妙的，这只船归你管！”

老船夫似乎当真发了痧，心头发闷，虽当着翠翠还显出硬扎样子，独自走回屋里后，找寻得到一些碎瓷片，在自己臂上腿上扎了几下，放出了些乌血，就躺到床上睡了。

翠翠自己守船，心中却古怪的快乐，心想：“爷爷不为我唱歌，我自己会唱！”

她唱了许多歌，老船夫躺在床上闭着眼睛，一句一句听下去，心中极乱。但他知道这不是能够把他打倒的大病，到明天就仍然会爬起来的。他想明天进城，到河街去看看，又想起许多旁的事情。

但到了第二天，人虽起了床，头还沉沉的。祖父当真已病了，翠翠显得懂事了些，为祖父煎了一罐大发药，逼着祖父喝，又过屋后菜园地里摘取蒜苗泡在米汤里作酸蒜苗。一面照料船只，一面还时时刻刻抽空赶回家里来看祖父，问这样那样。祖父可不说什么，只是为一个秘密痛苦着。躺了三天，人居然好了。屋前屋后走动了一下，骨头还硬硬的，心中惦念到一件事情，便预备进城过河街去。翠翠看不出祖父有什么要紧事情必须当天进城，请求他莫去。

老船夫把手搓着，估量到是不是应说出那个理由。翠翠一张黑黑的瓜子脸，一双水汪汪的眼睛，使他吁了一口气。

他说：“我有要紧事情，得今天去！”

翠翠苦笑着说：“有多大要紧事情，还不是……”

老船夫知道翠翠脾气，听翠翠口气已经有点不高兴，不再说要走了，把预备带走的竹筒，同扣花褡裢搁到条儿上后，带点儿谄媚笑着说：“不去吧，你担心我会把自己摔死，我就不去吧。我以为早上不很热，到城里把事办完了就回来——不去也好，我明天去！”

翠翠轻声温柔地说：“爷爷，你明天去也好，你腿还软！好好地躺一天再起来！”

老船夫似乎心中还不甘服，撒着两手走出去，门限边一个打草鞋的棒槌，差点儿把他绊了一大跤。稳住了时翠翠苦笑着说：“爷爷，你瞧，还不服气！”老船夫拾起那棒槌，向屋角隅摔去，说道：“爷爷老了！过几天打豹子给你看！”

到了午后，落了一阵行雨，老船夫却同翠翠好好商量，仍然进了城。翠翠不能陪祖父进城，就要黄狗跟去。老船夫在城里被一个熟人拉着谈了许久盐价、米价，又过守备衙门看了一会新买的骡马，方到河街顺顺家里去。到了那里，见顺顺正同三个人打纸牌，不便谈话，就站在身后看了一阵牌。后来顺顺请他喝酒，借口病刚好点不敢喝酒，推辞了。牌既不散场，老船夫又不想即走，顺顺似乎并不明白他等着有何话说，却只注意手中的牌。后来老船夫的神气倒为另外一个人看出了，就问他是不是有什么事情。老船夫方忸忸怩怩照老方子搓着他那两只大手，说别的事没有，只想同船总说两句话。

那船总方明白在看牌半天的理由，回头对老船夫笑将起来。

“怎不早说？你不说，我还以为你在看我牌学张子！”

“没有什么，只是三五句话，我不便扫兴，不敢说出！”

船总把牌向桌上一撒，笑着向后房走去了，老船夫跟在身后。

“什么事？”船总问着，神气似乎先就明白了他来此要说的话，显得略微有点儿怜悯的样子。

“我听一个中寨人说，你预备同中寨团总打亲家，是不是真事？”

船总见老船夫的眼睛盯着他的脸，想得一个满意的回答，就说：“有这事情。”那么答应，意思却是：“有了你怎么样？”

老船夫说：“真的吗？”

那一个又很自然地说：“真的。”意思却依旧包含了“真的又怎么样？”

老船夫装得很从容地问：“二老呢？”

船总说：“二老坐船下桃源好些日子了！”

二老下桃源的事，原来还同他爸爸吵了一阵才走的。船总性情虽异常豪爽，可不愿意间接把第一个儿子弄死的女孩子，又来做第二个儿子的媳妇，这是很明白的事情。若照当地风气，这些事认为只是小孩子的事，大人管不着，二老当真欢喜翠翠，翠翠又爱二老，他也并不反对这种爱怨纠缠的婚姻。但不知怎么的，老船夫对于这件事情的关心，使二老父子对于老船夫反而有了一点误会。船总想起家庭间的近事，以为全与这老而好事的船夫有关，虽不见诸形色，心中却有个疙瘩。

船总不让老船夫再开口了，就语气略粗地说道：

“伯伯，算了吧，我们的口只应当喝酒了，莫再只想替儿女唱歌！你的意思我全明白，你是好意。可是我也求你明白我的意思，我以为我们只应当谈点自己分上的事情，不适宜于想那些年轻人的门路了。”

老船夫被一个闷拳打倒后，还想说两句话，但船总却不让他再有说话机会，把他拉出到牌桌边去。

老船夫无话可说，看看船总时，船总虽还笑着谈到许多笑话，心中却似乎很沉郁，把牌用力掷到桌上去。老船夫不说什么，戴起他那个斗笠，自己走了。

天气还早，老船夫心中很不高兴，又进城去找杨马兵。那马兵正在喝酒，老船夫虽推病，也免不了喝个三五杯。回到碧溪岨，走得热了一点，又用溪水去抹身子。觉得很疲倦，就要翠翠守船，自己回家睡去了。

黄昏时天气十分郁闷，溪面各处飞着红蜻蜓。天上已起了云，热风把两山竹篁吹得声音极大，看样子到晚上必落大雨。翠翠守在渡船上，看着那些溪面飞来飞去的红蜻蜓，心也极乱。看祖父脸上颜色惨惨的，放心不下，便又赶回家中去。先以为祖父一定早睡了，谁知还坐在门限上打草鞋。

“爷爷，你要多少双草鞋，床头上不是还有十四双吗？怎么不好好地躺一躺？”

老船夫不作声，却站起身来昂头向天空望着，轻轻地说：“翠翠，今晚上要落大雨响大雷的！回头把我们的船系到岩下去，这雨大哩。”

翠翠说：“爷爷，我真害怕！”翠翠怕的似乎并不是晚上要来的雷雨。

老船夫似乎也懂得那个意思，就说：“怕什么？一切要来的都得来，不必怕！”

二十

夜间果然落了大雨，夹以吓人的雷声。电光从屋脊上掠过时，接着就是訇的一个炸电。翠翠在暗中抖着。祖父也醒了，知道她害怕，且担心她着凉，还起身来把一条布单搭到她身上去。祖父说：

“翠翠，不要怕！”

翠翠说：“我不怕。”说了还想说：“爷爷，你在这里我不怕！”

訇的一个大雷，接着是一种超越雨声而上的洪大闷重倾圮声。两人都以为一定是溪岸悬崖崩落了；担心到那只渡船会压在崖石下面去了。

祖孙两人便默默地躺在床上听雨声、雷声。

但无论如何大雨，过不久，翠翠却依然睡着了。醒来时天已亮了，雨不知在何时业已止息，只听到溪两岸山沟里注水入溪的声音。翠翠爬起身来，看看祖父还似乎睡得很好，开了门走出去，门前已成为一个水沟，一股水便从塔后哗哗地流来，从前面悬崖直堕而下。并且各处全是那么一种临时的水道。屋旁菜园地已为山水冲乱了，菜秧皆掩在粗砂泥里了。再走过前面去看看溪里，才知道溪中也涨了大水，已漫过了码头，水脚快到茶缸边了。下到码头去的那条路，正同一条小河一样，哗哗地泄着黄泥水。过渡的那一条横溪牵定的缆绳，也被水淹没了。泊在崖下的渡船，已不见了。

翠翠看看屋前悬崖并不崩坍，故当时还不注意渡船的失去。但再过一阵，她上下搜索不到这东西，无意中回头一看，屋后白塔已不见了，一惊非同小可。赶忙向屋后跑去，才知道白塔业已坍倒，大堆砖石极凌乱地摊在那儿，翠翠吓慌得不知所措，只锐声叫她的祖父。祖父不起身，也不答应，就赶回家里去，到得床边摇了祖父许久，祖父还不作声。原来这个老年人在雷雨将息时已死去了。

翠翠于是大哭起来。

过一阵，有从茶峒过川东跑差事的人，到了溪边，隔溪喊过渡。翠翠正在灶边一面哭着一面烧水预备为死去的祖父抹澡。

那人以为老船夫一家还不醒，急于过河，喊叫不应，就抛掷小石头过溪，打到屋顶上。翠翠鼻涕眼泪成一片的走出来，跑到溪边高崖前站定。

“喂，不早了！快快把船划过来！”

“船跑了！”

“你爷爷做什么事情去了呢？他管船，有责任！”

“他管船，管了五十年的船——他死了啊！”

翠翠一面向隔溪人说着一面大哭起来。那人知道老船夫死了，得进城去报信，就说：

“真死了吗？不要哭吧，我回城去告他们，要他们弄条船带东西来!”

那人回到茶峒城边时，一见熟人就报告这件事，不多久，全茶峒城里外便都知道这个消息了。河街上船总顺顺，派人找了一只空船，带了副白木匣子，即刻向碧溪岨撑去。城中杨马兵却同一个老军人，赶到碧溪岨去，砍了几十根大毛竹，用葛藤编作筏子，作为来往过渡的临时渡船。筏子编好后，撑了那个东西，到翠翠家中那一边岸下，留老兵守竹筏来往渡人，自己跑到翠翠家去看那个死者，眼泪湿莹莹的，摸了一会躺在床上硬僵僵的老友，又赶忙着做些应做的事情。到后帮忙的人来了，从大河船上运来的棺木也来了，住在城中的老道士，还带了许多法器，一件旧麻布道袍，并提了一只大公鸡，来尽义务办理念经起水诸事，也从筏上渡过来了。家中人出出进进，翠翠只坐在灶边矮凳上呜呜地哭着。

到了中午，船总顺顺也来了，还跟着一个人扛了一口袋米、一坛酒、一腿猪肉。见了翠翠就说：

“翠翠，爷爷死去我知道了，老年人是必需死的，不要发愁，一切有我!”各方面看看，就回去了。

到了下午入了殓，一些帮忙的回家去了，晚上便只剩下了那老道士、杨马兵同顺顺家派来的两个年轻长年。黄昏以前老道士用红绿纸剪了一些花朵，用黄泥作了一些烛台。天断黑后，棺木前小桌上点起黄色九品蜡，燃了香，棺木周围也点了小蜡烛，老道士披上那件蓝麻布道袍，开始了丧事中绕棺仪式。老道士在前拿着个小小纸幡引路，孝子第二，马兵殿后，绕着那具寂寞棺木慢慢转着圈子。两个长年则站在灶边空处，胡乱地打着锣钵。老道士一面闭了眼睛走去，一面且唱且哼，安慰亡灵。提到关于亡魂所到西方极乐世界花香四季时，老马兵就把手托木盘里的纸花，向棺木上高高撒去，象征西方极乐世界情形。到了半夜，法事办完了，放过爆竹，蜡烛也快熄灭了。翠翠眼泪婆娑的，赶忙又到灶边去烧火，为帮忙的人办宵夜。吃了宵夜，老道士歪到死人床上睡着了。剩下几个人还得照规矩在棺木前守灵。老马兵为大家唱丧堂歌，用个空的量米木升子，当作小鼓，把手剥剥剥地一面敲着一面唱下去——唱“王祥卧冰”[①]的事情，唱“黄香扇枕”[②]的事情。

翠翠哭了一整天，也同时忙了一整天，到这时节已倦极，把头靠在棺前眯着了。两长年同马兵吃了宵夜，喝过两杯酒，精神还虎虎的，便轮流把丧堂歌唱下去。但只一会儿，翠翠又醒了，仿佛梦到什么，惊醒后明白祖父已死，于是又幽幽地哭起来。

“翠翠，翠翠，不要哭啦，人死了哭不回来的！”

---

① 王祥卧冰：这是《二十四孝》里的故事。王祥的母亲病了，冬天想吃鱼，王祥就脱光了衣服卧在冰上，冰化了，跳出了一对鲤鱼。王祥的母亲喝了鱼汤，病就好了。

② 黄香扇枕：这也是《二十四孝》里的故事。黄香的父亲怕热，黄香就在父亲睡觉之前，用扇子把枕头扇凉。一说是黄香躺在席子上让蚊子咬，蚊子吸饱了血，就不会再咬他的父亲了。

秃头陈四四接着就说了一个做新嫁娘的人哭泣的笑话，话语中夹杂了三五个粗野字眼儿，因此引起两个年轻长年咕咕地笑了许久。黄狗在屋外吠着，翠翠开了大门，到外面去站了一会，耳听到各处是虫声，天上月色极好，大星子嵌进透蓝天空里，非常沉静温柔。翠翠想：

"这是真事吗？爷爷当真死了吗？"

老马兵原来跟在她的后边，因为他知道，女孩子心门儿窄，说不定一炉火闷在灰里，痕迹不露，见祖父去了，自己一切皆已无望，跳崖悬梁，想跟着祖父一块儿去，也说不定。于是随时留心监视到翠翠。

老马兵见翠翠痴痴地站着，时间过了许久还不回头，就打着咳叫翠翠说：

"翠翠，露水落了，不冷吗？"

"不冷。"

"天气好得很！"

"呀……"一颗大流星使翠翠轻轻地喊了一声。

接着南方又是一颗流星划空而下。对溪有猫头鹰叫。

"翠翠，"老马兵业已同翠翠并排一块儿站定了，很温和地说："你进屋里睡去了吧，不要胡思乱想！"

翠翠默默地回到祖父棺木前，坐在地上又呜咽起来。守在屋中的两个长年已睡着了。

那一个马兵便幽幽地说道："不要哭了！不要哭了！你爷爷也难过咧。眼睛哭胀，喉咙哭嘶，有什么好处？听我说，爷爷的心事我全都知道，一切有我。我会把事情安排得好好的，对得起你爷爷。我会安排，什么事都会。我要一个爷爷欢喜、你也欢喜的人来接收这只渡船。不能如我们的意，我老虽老，还能拿镰刀同他们拼命。翠翠，你放心，一切有我！……”

远处不知什么地方鸡叫了，老道士在那边床上糊糊涂涂地自言自语：“天亮了吗？早咧！”

二十一

大清早，帮忙的人从城里拿了绳索、杠子赶来了。

老船夫的白木小棺材，为六个人抬着，到那个倾圮了的塔后山岨上去埋葬时，船总顺顺、马兵、翠翠、老道士、黄狗，都默默地跟在后面。到了预先掘就的方阱边，老道士照规矩先跳下去，把一点朱砂颗粒同白米安置到阱中四隅及中央，又烧了一点纸钱，爬出阱时就要抬棺木的人动手下肂[1]。翠翠哑着喉咙干号，伏在棺木上不起身。经马兵用力把她拉开，方能移动棺木。一会儿，那棺木便下了阱，拉去绳子，调整了方向，被新土掩盖了。翠翠还坐在地上呜咽。老道士要赶早回城，去替人做斋，过渡走了。船总把一切事托给老马兵，也赶回城去了。帮忙的皆到溪边去洗了手，家中各人还有各人的事，且知道这家人的情形，不便再叨扰，也不再惊动主人，过渡回家走

① 肂：是埋棺材的坑。

了。于是碧溪岨便只剩下三个人，一个是翠翠，一个是老马兵，一个是由船总家派来暂时帮忙照料渡船的秃头陈四四。黄狗因被那秃头打了一石头，对于那秃头仿佛很不高兴，尽是轻轻地吠着。

到了下午，翠翠同老马兵商量，要老马兵回城去，把马托给营里人照料，再回碧溪岨来陪她。老马兵回转碧溪岨时，秃头陈四四被打发回城去了。

翠翠仍然自己同黄狗来弄渡船，让老马兵坐在溪岸高崖上玩，或嘶着个老喉咙唱歌给她听。

过三天后，船总顺顺来商量接翠翠过家里去住，翠翠却想看守祖父的坟山，不愿即刻进城。只请船总过城里衙门去说句话，许杨马兵暂时同她住住，船总顺顺答应了这件事，就走了。

杨马兵是个上五十岁了的人，说故事的本领比翠翠祖父还高一筹，加之凡事特别关心，做事又勤快又干净，因此同翠翠住下来，使翠翠仿佛去了一个祖父，却新得了一个伯父。过渡时有人问及可怜的祖父，黄昏时想起祖父，都使翠翠心酸，觉得十分凄凉。但这份凄凉日子过久一点，也就渐渐淡薄些了。两人每日在黄昏中同晚上，坐在门前溪边高崖上，谈点那个躺在湿土里可怜祖父的旧事，有许多是翠翠先前所不知道的，说来便更加使翠翠心中柔和。又说到翠翠的父亲，那个又要爱情又惜名誉的军人，在当时按照绿营军勇的装束，如何使女孩子动心。又说到翠翠的母亲，如何善于唱歌，而且所唱的那些歌在当时又如何流行。

时候变了，一切也自然都不同了，皇帝已不再坐江山，平常人还消说！杨马兵想起自己年轻做马夫时，牵了马匹到碧溪岨来对翠翠母亲唱歌，翠翠母亲不理会，到如今自己却成为这孤雏的唯一靠山，唯一信托人，不由得不苦笑。

因为两人每个黄昏必谈祖父以及这一家有关系的事情，后来便说到了老船夫死前的一切，翠翠因此明白了祖父活时所不提到的许多事。二老的唱歌，顺顺大儿子的死，顺顺父子对于祖父的冷淡，中寨人用碾坊作陪嫁妆奁诱惑傩送二老，二老既记忆着哥哥的死亡，且因得不到翠翠理会，又被家中逼着接受那座碾坊，意思还在渡船，因此赌气下行。祖父的死因，又如何和翠翠有关……凡是翠翠不明白的事情，如今可全明白了。翠翠把事情弄明白后，哭了一个夜晚。

过了四七，船总顺顺派人来请马兵进城去，商量把翠翠接到他家中去，作为二老的媳妇。但二老人既在辰州，先就莫提这件事，且搬过河街去住，等二老回来时再看看二老意思。马兵以为这件事得问翠翠。回来时，把顺顺的意思向翠翠说过后，又为翠翠出主张，以为名分既不定妥，到一个生人家里去不好，还是不如在碧溪岨暂等，等到二老驾船回来时，再看二老意思！

这办法决定后，老马兵以为二老不久必可回来的，就依然把马匹托营上人照料，在碧溪岨为翠翠作伴，把一个一个日子过下去。

碧溪岨的白塔，与茶峒风水有关系，塔圮坍了，不重新做一个自然不成。除了城中营管、税局，以及各商号各平民捐了些钱以外，各大寨子也有人拿册子去捐钱。为了这塔成就并不是给谁一个人的好处，应让每个人来积德造福，尽每个人皆有捐钱的机会，因此在渡船上也放了个两头有节的大竹筒，中部锯了一口，尽过渡人自由把钱投进去，竹筒满了，马兵就捎进城中首事人处去，另外又带了个竹筒回来。过渡人一看老船夫不见了，翠翠辫子上扎了白线，就明白那老的已做完了自己分上的工作，安安静静躺到土坑里了。必一面用同情的眼色瞧着翠翠，一面摸出钱来塞到竹筒中去。“天保佑你，死了的到西方去，活下的永保平安。”翠翠明白那些捐钱人的怜悯与同情意思，心里酸酸的，忙把身子背过去拉船。

到了冬天，那个圮坍了的白塔，又重新修好了。那个在月下唱歌，使翠翠在睡梦里为歌声把灵魂轻轻浮起的年轻人，还不曾回到茶峒来。

“…………”

这个人也许永远不回来了，也许“明天”回来！

一九三三年冬至一九三四年春完成

【赏析】

《边城》可以说是沈先生的代表作。

故事很简单。

茶峒有一个渡口，渡口有一条渡船。渡船不用篙桨，船头竖了一支小竹竿，挂着一个可以活动的铁环，溪岸两端水面横牵了一段竹缆，有人过渡时把铁环挂在竹缆上，船上人就引手攀缘那条缆索，慢慢地牵船过对岸去。管理渡船的是一个老人。老人身边有一个孙女，叫翠翠，还有一只黄狗。

镇筸有个管水码头的，名叫顺顺。顺顺有大小四只船，日子过得很宽绰。他仗义疏财，乐于助人。河边船上有一点小小纠纷，得顺顺一句话，即刻就解决了。因此很得人望，名声很好。

顺顺有两个儿子，老大叫天保，老二叫傩送。一个十八岁，一个十六。

两兄弟都喜欢弄船老人的孙女翠翠。

翠翠爱二老，不爱大老。

大老因为得不到翠翠的爱，负气坐船往下水去。船到险滩，搁在石包子上，大老想把篙子撇着，人就弹到水里去。

大老淹坏了，二老傩送觉得大老是因为翠翠死的，心里有了障碍。

他还是爱翠翠的。在和父亲拌了两句嘴之后，也坐船下行了。

大雷雨之夜，弄船的老爷爷死了。

二老还不回来。

“这个人也许永远不回来了，也许‘明天’回来！”

这是一个爱情故事，但是写得很含蓄，很纯净，很清雅。

小说生活气息很浓，不断穿插许多过端午、划龙船、追鸭子、新娘子、花轿等细节，是一幅一幅的湘西小城风俗画，甚至粉丝、红蜡烛等都呈现出浓郁的地方色彩。

沈从文是写景的圣手。他对景色似乎有一种特殊的记忆能力。他说："我想把我一篇作品里所简单描绘过的那个小城，介绍到这里来。这虽然只是一个轮廓，但那地方一切情景，欲浮凸起来，仿佛可用手去摸触。"（《从文自传·我所生长的地方》）如：

> ……若溯流而上，则三丈五丈的深潭皆清澈见底。深潭为白日所映照，河底小小白石子，有花纹的玛瑙石子，全看得明明白白。水中游鱼来去，全如浮在空气里。两岸多高山，山中多可以造纸的细竹，长年作深翠颜色，逼人眼目。近水人家多在桃杏花里，春天时只需注意，凡有桃花处必有人家，凡有人家处必可沽酒。夏天则晒晾在日光下耀目的紫花布衣裤，可以作为人家所在的旗帜。秋冬来时，房屋在悬崖上的，滨水的，无不朗然入目。黄泥的墙，乌黑的瓦，位置则永远那么妥帖，且与四围环境极其调和，使人迎面得到的印象，实在非常愉快。

沈先生不是一个工笔重彩的肖像画家，不注意刻画"性格"，他写人，更注重人的神态、气质。如写翠翠：

> 翠翠在风日里长养着，把皮肤变得黑黑的，触目为青山绿水，一对眸子清明如水晶。自然既长养她且教育她，为人天真

> 活泼，处处俨然如一只小兽物。人又那么乖，如山头黄麂一样，从不想到残忍事情，从不发愁，从不动气。平时在渡船上遇陌生人对她有所注意时，便把光光的眼睛瞅着那陌生人，做成随时皆可举步逃入深山的神气，但明白了人无机心后，就又从从容容地在水边玩耍了。

《边城》是“二十一开”淡设色册页，互相连续而又自为首尾、各自成篇的抒情诗。这种结构方法比较少见。这是现代中国难得一见的牧歌。沈先生说这篇故事中“充满了五月中的斜风细雨，以及那点六月中夏雨欲来时闷人的热和闷热中的寂寞”。我们还可以说这里充满了春秋两季的飘飘忽忽的轻云薄雾。《边城》是一把花，一个梦。

附录一：

沈从文和他的《边城》

《边城》是沈从文先生所写的唯一的一个中篇小说。说是中篇小说，是因为篇幅比较长，近七万字；还因它有一个有头有尾的故事——沈先生的短篇小说有好些是没有什么故事的，如《牛》《三三》《八骏图》……都只是通过一点点小事，写人的感情、感觉、情绪。

《边城》的故事其实也很简单：茶峒山城一里外有一小溪，溪边有一弄渡船的老人。老人的女儿和一个兵有了私情，和那个兵一同死了，留下一个孤雏，名叫翠翠，老船夫和外孙女相依为命地生活着。茶峒城里有个在水码头上掌事的龙头大哥顺顺，顺顺有两个儿子，天保和傩送，两兄弟都爱上翠翠。翠翠爱二老傩送，不爱大老天保。大老天保在失望之下驾船往下游去，失事淹死；傩送因为哥哥的死在心里结了一个难解疙瘩，也驾船出外了。雷雨之夜，渡船老人死了，剩下翠翠一个人。傩送对翠翠的感情没有变，但是他一直没有回来。

就这样一个简单的故事，却写出了几个活生生的人物，写了一首将近七万字的长诗！

因为故事写得很美，写得真实，有人就认为真有那么一回事。有的华侨青年，读了《边城》，回国来很想到茶峒去看看，看看那个溪水、白塔、渡船，看看渡船老人的坟，看看翠翠曾在哪里吹竹管……

大概是看不到的。这故事是沈从文编出来的。

有没有一个翠翠？

有的。可她不是在茶峒的碧溪岨，是泸西县一个绒线铺的女孩子。

《湘行散记》（注：见《老伴》一篇）里说：

> ……在十三个伙伴中我有两个极好的朋友。……其次是那个年纪顶轻的，名字就叫“傩右”。一个成衣人的独生子，为人伶俐勇敢，稀有少见。……这小孩子年纪虽小，心可不小！同我们到县城街转了三次，就看中一个绒线铺的女孩子，问我借钱向那女孩子买了三次白棉线草鞋带子……那女孩子名叫“翠翠”，我写《边城》故事时，弄渡船的外孙女，明慧温柔的品性，就从那绒线铺小孩子脱胎出来。
>
> 她是泸西县的吗？也不是。她是山东崂山的。

看了《湘行散记》，我很怕上了《灯》里那个青衣女子同样的当，把沈先生编的故事信以为真，特地上他家去核对一回，问他翠翠是不是绒线铺的女孩子。他的回答是：

“我们（他和夫人张兆和）上崂山去，在汽车里看到出殡的，一个女孩子打着幡。我说：这个我可以帮你写个小说。”

幸亏他夫人补充了一句：“翠翠的性格、形象，是绒线铺那个女孩子。”

沈先生还说："我平生只看过那么一条渡船，在棉花坡。"那么，碧溪岨不远，但总还有一个距离。

读到这里，你会立刻想起鲁迅所说的脸在那里，衣服在那里的那段有名的话。是的，作家酝酿人物形象和故事情节是一个很复杂的过程。一九五七年，沈先生曾经跟我说过："我们过去写小说都是真真假假的，哪有现在这样都是真事的呢。"有一个诗人很欣赏"真真假假"这句话，说是这说明了创作的规律，也说明了什么是浪漫主义。翠翠和《边城》，都是想象出来的。然而必须有丰富的生活经验，积累了众多的印象，并加上作者的思想、感情和才能，才有可能想象得真实，以至把创作变得好像是报道。

沈从文善于写中国农村的少女。沈先生笔下的湘西少女不是一个，而是一串。

三三、夭夭、翠翠，她们是那样的相似，又是那样的不同。她们都很爱娇，但是各因身世不同，娇得不一样。三三生在小溪边的碾坊里，父亲早死，跟着母亲长大，除了碾坊小溪，足迹所到最远处只是在堡子里的总爷家。她虽然已经开始有了一个少女对于"人生"朦朦胧胧的神往，但究竟是个孩子，浑不解事，娇得有点痴。夭夭是个有钱的桔子园主人的幺姑娘，一家子都宠着她。她已经订了婚，未婚夫是个在城里读书的学生。她可以背了一个特别精致的背篓，到集市上去采购她所中意的东西，找高手银匠洗她的粗如手指的银链子。她能和地方上的小军官从容说话。她是个"黑里俏"，性格明朗豁达，口角伶俐。她很娇，娇中带点野。翠翠是个无父无母的孤雏，她也娇，但是娇得乖极了。

用文笔描绘少女的外形，是笨人干的事。沈从文画少女，主要是画她的神情，并把她安置在一个颜色美丽的背景上，一些动人的声音当中。

……为了住处两山多篁竹，翠色逼人而来，老船夫随便给这个可怜的孤雏拾取了一个近身的名字，叫作“翠翠”。

翠翠在风日里长养着，把皮肤变得黑黑的，触目为青山绿水，一对眸子清明如水晶。自然既长养她且教育她，为人天真活泼，处处俨然如一只小兽物。人又那么乖，如山头黄麂一样，从不想到残忍事情，从不发愁，从不动气。平时在渡船上遇陌生人对她有所注意时，便把光光的眼睛瞅着那陌生人，做成随时皆可举步逃入深山的神气，但明白了人无机心后，就又从从容容地在水边玩耍了。

…………

风日清和的天气，无人过渡，镇日长闲，祖父同翠翠便坐在门前大岩石上晒太阳。或把一段木头从高处向水中抛去，嗾使身边黄狗自岩石高处跃下，把木头衔回来。或翠翠与黄狗皆张着耳朵，听祖父说些城中多年以前的战争故事。或祖父同翠翠两人，各把小竹做成的竖笛，逗在嘴边吹着迎亲送女的曲子。过渡人来了，老船夫放下了竹管，独自跟到船边去横溪渡人。在岩上的一个，见船开动时，于是锐声喊着：“爷爷，爷爷，你听我吹，你唱！”

爷爷到溪中央便很快乐地唱起来，哑哑的声音同竹管声振荡在寂静空气里，溪中仿佛也热闹了一些。（实则歌声的来复，反而使一切更寂静一些了。）

篁竹、山水、笛声，都是翠翠的一部分。它们共同在你们心里造成这女孩子美的印象。

翠翠的美，美在她的性格。

《边城》是写爱情的，写中国农村的爱情，写一个刚刚进入青春期的农村女孩子的爱情。这种爱是那样的纯粹，那样不俗，那样像空气里小花、青草的香气，像风送来的小溪流水的声音，若有若无，不可捉摸，然而又是那样的实实在在，那样的真。这样的爱情叫人想起古人说得很好，但不大为人所理解的一句话：思无邪。

沈从文的小说往往是用季节的颜色、声音来计算时间的。

翠翠爱情的发展是跟几个端午节连在一起的。

翠翠十五岁了。

端午节又快到了。

传来了龙船下水预习的鼓声。

蓬蓬鼓声掠水越山到了渡船头那里时，最先注意到的是那只黄狗。那黄狗汪汪地吠着，受了惊似的绕屋乱走，有人过渡时，便随船渡过河东岸去，且跑到那小山头向城里一方面大吠。

翠翠正坐在门外大石上用棕叶编蚱蜢、蜈蚣玩，见黄狗先在太阳下睡着，忽然醒来便发疯似的乱跑，过了河又回来，就问它骂它：

“狗，狗，你做什么！不许这样子！”

“可是一会儿那声音被她发现了，她于是也绕屋跑着，且同黄狗一块儿渡过了小溪，站在小山头听了许久，让那点迷人的鼓声，把自己带到一个过去的节日里去。”两年前的一个节日里去。

作者这里用了倒叙。

两年前，翠翠才十三岁。

这一年的端午，翠翠是难忘的。因为她遇见了傩送。

翠翠还不大懂事。她和爷爷一同到茶峒城里去看龙船，爷爷走开了，天快黑了，看龙船的人都回家了，翠翠一个人等爷爷，傩送见了她，把她还当一个孩子，很关心地对她说了几句话，翠翠还误会了，骂了人家一句：“你个悖时砍脑壳的！”及至傩送好心派人打火把送她回去，她才知道刚才那人就是出名的傩送二老，“想起自己先前骂人那句话，心里又吃惊又害羞，再也不说什么，默默地随了那火把走去”。到了家，“另一件事，属于自己不关祖父的，却使翠翠沉默了一个夜晚”。这写得非常含蓄。

翠翠过了两个中秋，两个新年，但“总不如那个端午所经过的事情甜而美”。

十五岁的端午不是翠翠所要的那个端午。“从祖父与那长年谈话里，翠翠听明白了二老是在下游六百里外青浪滩过端午的”。未及见二老，倒见到大老天保。大老还送他们一只鸭子。回家时，祖父说：“顺顺真是个好人，大方得很。大老也很好。这一家人都好！”翠翠说：“一家人都好，你认识他们一家人吗？”祖父不明白这句话的意思所在，聪明的读者是明白的。路上祖父说了假如大老请人来做媒的笑话，“翠翠着了恼，把火炬向路两旁乱晃着，向前怏怏地走去了”。

“翠翠，莫闹，我摔到河里去，鸭子会走脱的！”

“谁也不稀罕那只鸭子！”

…………

翠翠一面听着一面向前走去，忽然停住了发问：

“爷爷，你的船是不是正在下青浪滩呢？”

这一句没头没脑的问话，说出了这女孩子的心正在飞向什么所在。

端午又来了。翠翠长大了，十六了。

翠翠和爷爷到城里看龙船。

未走之前，先有许多曲折。祖父同翠翠在三天前业已预先约好，祖父守船，翠翠同黄狗过顺顺吊脚楼去看热闹。翠翠先不答应，后来答应了。但过了一天，翠翠又反悔，以为要看两人去看，要守船两人守船。初五大早，祖父上城买办过节的东西。翠翠独自在家，看看过渡的女孩子，唱唱歌，心上浸入了一丝儿凄凉。远处鼓声起来了，她知道绘有朱红长线的龙船这时节已下河了。细雨下个不止，溪面一片烟。将近吃早饭时节，祖父回来了，办了节货，却因为到处请人喝酒，被顺顺把个酒葫芦扣下了。正像翠翠所预料的那样，酒葫芦有人送回来了。送葫芦回来的是二老。二老向翠翠说：“翠翠，吃了饭，和你爷爷到我家吊脚楼上去看划船吧？”翠翠不明白这陌生人的好意，不懂得为什么一定要到他家中去看船，抿着小嘴笑笑。到了那里，祖父离开去看一个水碾子。翠翠看见二老头上包着红布，在龙船上指挥，心中便印着两年前的旧事。黄狗不见了，翠翠便离了座位，各处去寻她的黄狗。在人丛中却听到两个不相干的妇人谈话。谈的是砦子上王乡绅想把女儿嫁给二老，用水碾子作陪嫁。二老喜欢一个撑渡船的。翠翠脸发火烧。二老船过吊脚楼，失足落水，爬起来上岸，一见翠翠就说："翠翠，你来了，爷爷也来了吗？"翠翠脸还发烧，不便作声，心想："黄狗跑到什么地方去了呢！"二老又说："怎不到我家楼上去看呢？我已要人替你弄了个好位子。"翠翠心想："碾坊陪嫁，稀奇事情咧。"翠翠到河下时，小小心腔中充满一种说不分明的东西。翠翠锐声叫黄狗，黄狗扑下水中，向翠翠方面泅来。到身边时，身上全是水。翠翠说："得了，狗，装什么疯。你又不翻船，谁要你落水呢？"爷爷来了，说了点疯话。爷爷说："二老捉得鸭子，一定又会送给我们的。"话不及说完，二老来了，站在翠翠面前微笑着。翠翠也微笑着。

顺顺派媒人来为大老天保提亲。祖父说得问问翠翠。祖父叫翠翠，翠翠拿了一簸箕豌豆上了船。"翠翠，翠翠，先前来的那个伯伯来做什么，你知道不知道？"翠翠说："我不知道。"说后脸同脖颈全红了。翠翠弄明白了，人来做媒的是大老！不曾把头抬起，心忡忡地跳着，脸烧得厉害，仍然剥她的豌豆，且随手把空豆荚抛到水中去，望着它们在流水中从从容容流去，自己也俨然从容了许多。又一次，祖父说了个笑话，说大老请保山来提亲，翠翠那神气不愿意；假若那个人还有个兄弟，想来为翠翠唱歌，攀交情，翠翠将怎么说。翠翠吃了一惊，勉强笑着，轻轻地带点恳求的神气说："爷爷莫说这个笑话吧。"翠翠说："看天上的月亮，那么大！"说着出了屋外，便在那一派清光的露天中站定。

…………

有个女同志，过去很少看沈从文的小说，看了《边城》提出了一个问题："他怎么能把女孩子的心捉摸得那么透，把一些细微曲折的地方都写出来了？这些东西我们都是有过的，——沈从文是个男的。"我想了想，只好说："曹雪芹也是个男的。"

沈先生在给我们上创作课的时候，经常说的一句话，是："要贴到人物来写。"他还说："要滚到里面去写。"他的话不太好懂。他的意思是说：笔要紧紧地靠近人物的感情、情绪，不要游离开，不要置身在人物之外。要和人物同呼吸，共哀乐，拿起笔来以后，要随时和人物生活在一起，除了人物，什么都不想，用志不分，一心一意。

首先要有一颗仁者之心，爱人物，爱这些女孩子，才能体会到她们的许多飘飘忽忽的、跳动的心事。

祖父也写得很好。这是一个古朴、正直、本分、尽职的老人。某些地方，特别是为孙女的事进行打听、试探的时候，又有几分狡猾，狡猾中仍带着妩媚。主要的还是写了老人对这个孤雏的怜爱，一颗随时为翠翠而跳动的心。

黄狗也写得很好。这条狗是这一家的成员之一，它参与了他们全部的生活、全部的命运。一条懂事的、通人性的狗。——沈从文非常善于写动物，写牛、写小猪、写鸡，写这些农村中常见的，和人一同生活的动物。

大老、二老、顺顺都是侧面写的，笔墨不多，却都给人留下颇深的印象，包括那个杨马兵、毛伙，一个是一个。

沈从文不是一个雕塑家，他是一个画家，一个风景画的大师。

他画的不是油画，是中国的彩墨画，笔致疏朗，着色明丽。沈先生的小说中有很多篇描写湘西风景的，各不相同。《边城》写酉水：

> 那条河水便是历史上知名的酉水，新名字叫作白河。白河下游到辰州与沅水汇流后，便略显浑浊，有出山泉水的意思。若溯流而上，则三丈五丈的深潭皆清澈见底。深潭为白日所映照，河底小小白石子，有花纹的玛瑙石子，全看得明明白白。水中游鱼来去，全如浮在空气里。两岸多高山，山中多可以造纸的细竹，长年作深翠颜色，逼人眼目。近水人家多在桃杏花里，春天时只需注意，凡有桃花处必有人家，凡有人家处必可沽酒。夏天则晒晾在日光下耀目的紫花布衣裤，可以作为人家所在的旗帜。秋冬来时，房屋在悬崖上的，滨水的，无不朗然入目。黄泥的墙，乌黑的瓦，位置则永远那么妥帖，且与四围环境极其调和，使人迎面得到的印象，实在非常愉快。

描写风景，是中国文学的一个悠久传统。晋宋时期形成山水诗。吴均的《与朱元思书》是写江南风景的名著。柳宗元的《永州八记》，苏东坡、王安石的许多游记，明代的袁氏兄弟、张岱，这些写风景的高手，都是会对沈先生有启发的。就中沈先生最为钦佩的，据我所知，是郦道元的《水经注》。

古人的记叙虽可资借鉴，主要还得靠本人亲自去感受，养成对于形体、颜色、声音，乃至气味的敏感，并有一种特殊的记忆力，能把各种印象保存在记忆里，要用时即可移到纸上。沈先生从小就爱各处去看、去听、去闻嗅。“我的心总得为一种新鲜声音、新鲜

颜色、新鲜气味而跳。”（《从文自传》）

雨后放晴的天气，日头炙到人肩上背上已有了点儿力量。溪边芦苇水杨柳，菜园中菜蔬，莫不繁荣滋茂，带着一分有野性的生气。草丛里绿色蚱蜢各处飞着，翅膀搏动空气时窸窸作声。枝头新蝉声音已渐渐宏大。两山深翠逼入竹篁中，有黄鸟与竹雀、杜鹃鸣叫。翠翠感觉着，望着，听着，同时也思索着……

这是夏季的白天。

月光如银子，无处不可照及，山上篁竹在月光下皆成为黑色。身边草丛中虫声繁密如落雨。间或不知道从什么地方，忽然会有一只草莺“落落落落嘘！”啭着它的喉咙，不久之间，这小鸟儿又好像明白这是半夜，不应当那么吵闹，便仍然闭着那小小眼儿安睡了。

这是夏天的夜。

小饭店门前长案上，常有煎得焦黄的鲤鱼豆腐，身上装饰了红辣椒丝，卧在浅口钵头里，钵旁大竹筒中插着大把红筷子……

这是多么热烈的颜色！

> 到了卖杂货的铺子里，有大把的粉条，大缸的白糖，有炮仗，有红蜡烛，莫不给翠翠很深的印象，回到祖父身边，总把这些东西说个半天。

粉条、白糖、炮仗、蜡烛，这都是极其常见的东西，然而它们配搭在一起，是一幅对比鲜明的画。

> 天快夜了，别的雀子似乎都在休息了，只杜鹃叫个不息。石头泥土为白日晒了一整天，草木为白日晒了一整天，到这时节皆放散一种热气。空气中有泥土气味，有草木气味，且有甲虫类气味。翠翠看着天上的红云，听着渡口飘乡生意人的杂乱声音，心中有些儿薄薄的凄凉。

甲虫气味大概还没有哪个诗人在作品里描写过！

曾经有人说沈从文是个文体家。

沈先生曾有意识地试验过各种文体。《月下小景》叙事重复铺张，有意模仿六朝翻译的佛经，语言也多四字为句，近似偈语。《神巫之爱》的对话让人想起《圣经》的《雅歌》和萨福的情诗。他还曾用骈文写过一个故事。其他小说中也常有骈偶的句子，如“凡有桃花处必有人家，凡有人家处必可沽酒”“地方像茶馆却不卖茶，不是烟馆又可以抽烟”。但是通常所用的是他的“沈从文体”。这种“沈从文体”用他自己的话，就是“充满泥土气息”和“文白杂糅”（注：见一九五七年出版《沈从文小说选集·题记》）。他的语言有一些是湘西话，还有他个人的口头语，如“即刻”“照例”之类。他的语言里有相当多的文言成分——文言的词汇和文言的句法。问题是他把家乡话与普通话，文言和口语配置在一起，十分调和，毫不“格生”，这样就形成了沈从文自己的特殊文体。他的语言是从多方面吸取的。间或有一些当时的作家都难免欧化的句子，如“……的我”，但极少。大部分语言是具有民族特点的。就中写人叙事简洁处，受《史记》《世说新语》的影响不少。他的语言是朴实的，朴实而有情致；流畅的，流畅而清晰。这种朴实，来自于雕琢；这种流畅，来自于推敲。他很注意语言的节奏感，注意色彩，也注意声音。他从来不用生造的、谁也不懂的形容词，用的是人人能懂的普通词汇。但是常能对于普通词汇赋予新的意义。比如《边城》里两次写翠翠拉船，所用字眼不同。一次是：

有时过渡的是从川东过茶峒的小牛，是羊群，是新娘子的花轿，翠翠必争着做渡船夫，站在船头，懒懒地攀引缆索，让船缓缓地过去。

又一次是：

翠翠斜睨了客人一眼，见客人正盯着她，便把脸背过去，抿着嘴儿，很自负地拉着那条横缆。

“懒懒地”“很自负地”都是很平常的字眼，但是没有人这样用过，用在这里，就成了未经人道语了。尤其是“很自负地”，你要知道，这“客人”不是别个，是傩送二老呀，于是“很自负地”，就有了很多很深的意思。这个词用在这里真是最准确不过了！

沈先生对我们说过，语言的唯一标准是准确（契诃夫也说过类似的意思）。所谓“准确”，就是要去找，去选择，去比较。也许你相信这是“妙手偶得之”，但是我更相信这是“众里寻他千百度，蓦然回首，那人却在灯火阑珊处”。

《边城》不到七万字，可是整整写了半年。这不是得来全不费功夫。沈先生常说：人做事要耐烦。沈从文很会写对话。他的对话都没有什么深文大义，也不追求所谓“性格化的语言”，只是极普通的说话。然而写得如闻其声，如见其人。比如端午之前，翠翠和祖父商量谁去看龙船：

> 见祖父不再说话，翠翠就说：“我走了，谁陪你？”
>
> 祖父说：“你走了，船陪我。”
>
> 翠翠把眉毛皱拢去苦笑着，“船陪你，嗨，嗨，船陪你。爷爷，你真是，只有这只宝贝船！”

比如黄昏来时，翠翠心中无端地有些薄薄的凄凉，一个人胡思乱想，想到自己下桃源县过洞庭湖，爷爷要拿把刀放在包袱里，搭下水船去杀了她！她被自己的胡想吓怕起来了。心直跳，就锐声喊她的祖父：

> “爷爷，爷爷，你把船拉回来呀！”

请求了祖父两次，祖父还不回来，她又叫：

“爷爷，为什么不上来？我要你！”

有人说沈从文的小说不讲结构。

沈先生的某些早期小说诚然有失之散漫冗长的。《惠明》就相当散，最散的大概要算《泥涂》。但是后来的大部分小说是很讲结构的。他说他有些小说是为了教学需要而写的，为了给学生示范，“用不同方法处理不同问题”。这“不同方法”包括或极少用对话，或全篇都用对话（如《若墨医生》）等，也指不同的结构方法。他常把他的小说改来改去，改的也往往是结构。他曾经干过一件事，把写好的小说剪成一条一条的，重新拼合，看看什么样的结构最好。他不大用“结构”这个词，常用的是“组织”“安排”，怎样把材料组织好，位置安排得更妥帖。他对结构的要求是“匀称”，这是比表面的整齐更为内在的东西。一个作家在写一局部时要顾及整体，随时意识到这种匀称感。正如一棵树，一个枝子，一片叶子，这样长，那样长，都是必需的，有道理的。否则就如一束绢花，虽有颜色，终少生气。《边城》的结构是很讲究的，是完美地实现了沈先生所要求的匀称的，不长不短，恰到好处，不能增减一分。

有人说《边城》像一个长卷。其实像一套二十一开的册页，每一节都自成首尾，而又一气贯注。——更像长卷的是《长河》。沈先生很注意开头，更注意结尾。

他的小说的开头是各式各样的。《边城》的开头取了讲故事的方式：

> 由四川过湖南去，靠东有一条官路。这官路将近湘西边境到了一个地方名为“茶峒”的小山城时，有一小溪，溪边有座白色小塔，塔下住了一户单独的人家。这人家只一个老人，一个女孩子，一只黄狗。

这样的开头很朴素，很平易亲切，而且一下子就带起全文牧歌一样的意境。

汤显祖评董解元《西厢记》，论及戏曲的收尾，说“尾”有两种，一种是“度尾”，一种是“煞尾”。“度尾”如画舫笙歌，从远地来，过近地，又向远地去；“煞尾”如骏马收缰，忽然停住，寸步不移。他说得很好。收尾不外这两种。《边城》各章的收尾，两种兼见。

> 翠翠正坐在门外大石上用棕叶编蚱蜢、蜈蚣玩，见黄狗先在太阳下睡着，忽然醒来便发疯似的乱跑，过了河又回来，就问它骂它：
>
> “狗，狗，你做什么！不许这样子！”
>
> 可是一会儿那声音被她发现了，她于是也绕屋跑着，且同黄狗一块儿渡过了小溪，站在小山头听了许久，让那点迷人的鼓声，把自己带到一个过去的节日里去。

这是“度尾”。

翠翠感觉着，望着，听着，同时也思索着："爷爷今年七十岁……三年六个月的歌——谁送那只白鸭子呢？……得碾子的好运气，碾子得谁更是好运气？……"

痴着，忽地站起，半簸箕豌豆便倾倒到水中去了。伸手把那簸箕从水中捞起时，隔溪有人喊过渡。

这是"煞尾"。

全文的最后，更是一个精彩的结尾：

到了冬天，那个圮坍了的白塔，又重新修好了。那个在月下歌唱，使翠翠在睡梦里为歌声把灵魂轻轻浮起的年轻人，还不曾回到茶峒来。

…………

这个人也许永远不回来了，也许"明天"回来！

近七万字一齐收在这一句话上。故事完了，读者还要想半天。你会随小说里的人物对远人作无边的思念，随她一同盼望着，热情而迫切。

我有一次在沈先生家谈起他的小说的结尾都很好，他笑眯眯地说："我很会结尾。"

三十年来，作为作家的沈从文很少被人提起（这些年他以一个文物专家的身份在文化界占一席位），不过也还有少数人在读他的小说。有一个很有才华的小说家对沈先生的小说存着偏爱。他今年春节，温读了沈先生的小说，一边思索着一个问题：什么是艺术生命？他的意思是说：为什么沈先生的作品现在还有蓬勃的生命？我对这个问题也想了几天，最后还是从沈先生的小说里找到了答案，那就是《长河》里的夭夭所说的："好看的应该长远存在。"

现在，似乎沈先生的小说又受到了重视。出版社要出版沈先生的选集，不止一个大学的文学系开始研究沈从文了。这是好事。这是"百花齐放"的一种体现。这对推动创作的繁荣是有好处的。我想。

汪曾祺

一九八〇年五月二十日

附录二：

又读《边城》

请许我先抄一点沈先生写给三姐张兆和（我的师母）的信。

三三，我因为天气太好了一点，故站在船后舱看了许久水，我心中忽然好像澈悟了一些，同时又好像从这条河中得到了许多智慧。三三，的的确确，得到了许多智慧，不是知识。我轻轻地叹息了好些次。山头夕阳极感动我，水底各色圆石也极感动我，我心中似乎毫无什么渣滓，透明烛照，对河水，对夕阳，对拉船人同船，皆那么爱着，十分温暖地爱着！……我看到小小渔船，载了它的黑色鸬鹚向下流缓缓划去，看到石滩上拉船人的姿势，我皆异常感动且异常爱他们。……三三，我不知为什么，我感动得很！我希望活得长一点，同时把生活完全发展到我自己的这份工作上来。我会用自己的力量，为所谓人生，解释得比任何人皆庄严些与透入些！三三，我看久了水，从水里的石头得到一点平时好像不能得到的东西，对于人生，对于爱憎，仿佛全然与人不同了。我觉得惆怅得很，我总像看得太深太远，对于我自己，便成为受难者了，这时节我软弱得很，因为我爱了世界，爱了人类。三三，倘若我们这时正是两人同在一处，你瞧我眼睛湿到什么样子！

这是一封家书，是写给三三的“专利读物”，不是宣言，用不着装样子做假，每一句话都是真诚的、可信的。

从这封信，可以理解沈先生为什么要写《边城》，为什么会写得这样美。因为他爱世界，爱人类。

从这里也可得到对沈从文的全部作品的理解。也许你会觉得这样的解释有点不着边际。不吧。

《边城》激怒了一些理论批评家和文学史家，因为沈从文没有按照他们的要求和他们规定的模式写作。

第一条罪名是《边城》没有写阶级斗争，“掏空了人物的阶级属性”。

是不是所有的作品都要写阶级斗争？

他们认为被掏空阶级属性的人物第一个大概是顺顺。他们主观先验地提高了顺顺的成分，说他是“水上把头”，是“龙头大哥”，是“团总”，恨不能把他划成恶霸地主才好。事实上顺顺只是一个水码头的管事。他有一点财产，财产只有“大小四只船”。他算个什么阶级？他的阶级属性表现在他有向上爬的思想，比如他想和王团总攀亲，不愿意儿子娶一个弄船的孙女，有点嫌贫爱富。但是他毕竟只是个水码头的管事，为人正直公平，德高望重，时常为人排难解纷，这样人很难把他写得穷凶极恶。

至于顺顺的两个儿子，天保和傩送，“向下行船时，多随了自己的船只充伙计，甘苦与人相共，荡桨时选最重的一把，背纤时拉头纤二纤”，更难说他们是阶级敌人。

针对这样的批评，沈从文作了挑战性的答复：“你们多知道要作品有‘思想’，有‘血’有‘泪’，且要求一个作品具体表现这些东西到故事发展上，人物言语上，甚至一本书的封面上，目录上。你们要的事多容易办！可是我不能给你们这个。我存心放弃你们……”

第二条罪名，与第一条相关联，是说《边城》写的是一个世外桃源，脱离现实生活。

《边城》是现实主义的还是浪漫主义的?《边城》有没有把现实生活理想化了？这是个非常叫人困惑的问题。

为什么这个小说叫做《边城》? 这是个值得想一想的问题。

“边城”不只是一个地理概念，意思不是说这是个边地的小城。它同时是一个时间概念和文化概念。

“边城”是大城市的对立面。这是“中国另外一个地方另外一种事情”(《边城·题记》)。沈先生从乡下跑到大城市，对上流社会的腐朽生活，对城里人的“庸俗小气自私市侩”深恶痛绝，这引发了他的乡愁，使他对故乡尚未完全被现代物质文明所摧毁的淳朴民风十分怀念。

便是在湘西，这种古朴的民风也正在消失。沈先生在《长河·题记》中说：“一九三四年的冬天，我因事从北平回湘西，由沅水坐船上行、转到家乡凤凰县。去乡已十八年，一入长河流域，什么都不同了。表面上看来，事事物物自然都有了极大进步，试仔细注意注意，便见出在变化中的堕落趋势。最明显的事，即农村社会所保有的那点正直朴素人情美，几乎快要消失无余，代替而来的却是近二十年实际社会培养成功的一种唯实唯利的人生观。”《边城》所写的那种生活确实存在过，但到《边城》写作时（一九三三至一九三四年）已经几乎不复存在。《边城》是一个怀旧的作品，一种带着痛惜情绪的怀旧。《边城》是一个温暖的作品，但是后面隐伏着的是作者很深的悲剧感。

可以说《边城》既是现实主义的，又是浪漫主义的；《边城》的生活是真实的，同时又是理想化了的。这是一种理想化了的现实。

为什么要浪漫主义，为什么要理想化？因为想留驻一点美好的、永恒的东西，让它长在，并且常新，以利于后人。

《从文小说习作选·代序》说：

> 这世界上或有想在沙基或水面上建造崇楼杰阁的人，那可不是我。我只想造希腊小庙。选山地作基础，用坚硬石头堆砌它。精致，结实，匀称，形体虽小而不纤巧，是我的理想的建筑。这庙里供奉的是“人性”。
>
> 我要表现的本是一种“人生的形式”，一种“优美，健康，自然，而又不悖乎人性的人生形式”。

喔！“人性”，这个倒霉的名词！

沈先生对文学的社会功能有他自己的看法，认为好的作品除了使人获得“真美感觉之外，还有一种引人‘向善’的力量，……从作品中接触另外一种人生，从这种人生景象中有所启发，对人生或生命能作更深一层的理解”（《小说作者和读者》）。沈先生的看法“太深太远”。照我看，这是文学功能的最正确的看法。这当然为一些急功近利的理论家所不能接受。

《边城》里最难写，也是写得最成功的人物，是翠翠。

翠翠的形象有三个来源。

一个是泸西县绒线铺的女孩子。

> 我写《边城》故事时，弄渡船的外孙女，明慧温柔的品性，就从那绒线铺小女孩印象得来。（《湘行散记·老伴》）

一个是在青岛崂山看到的女孩子。

> 故事上的人物，一面从一年前在青岛崂山北九水看到的一个乡村女子，取得生活的必然……（《水云》）

这个女孩是死了亲人，戴着孝的。她当时在做什么？据刘一友说，是在“起水”。金介甫说是“告庙”。“起水”是湘西风俗，崂山未必有。“告庙”可能性较大。沈先生在写给三姐的信中提到“报庙”，当即“告庙”。金文是经过翻译的，“报”“告”大概是一回事。我听沈先生说，是和三姐在汽车里看到的。当时沈先生对三姐说：“这个，我可以帮你写一个小说。”

另一个来源就是师母。

> 一面就用身边新妇作范本，取得性格上的朴素式样。（《水云》）

但这不是三个印象的简单的拼合，形成的过程要复杂得多。沈先生见过很多这样明慧温柔的乡村女孩子，也写过很多，他的记忆里储存了很多印象，原来是散放着的，崂山那个女孩子只是一个触机，使这些散放印象聚合起来，成了一个完完整整的形象，栩栩如生，什么都不缺。含蕴既久，一朝得之。这是沈先生的长时期的“思乡情结”茹养出来的一颗明珠。

翠翠难写，因为翠翠太小了（还过不了十六吧）。她是那样天真，那样单纯。小说是写翠翠的爱情的。这种爱情是那样纯净，那样超过一切世俗利害关系，那样的非物质。翠翠的爱情有个成长过程。总体上，是可感的，坚定的，但是开头是朦朦胧胧的，飘飘忽忽的。翠翠的爱是一串梦。

翠翠初遇傩送二老，就对二老有个难忘的印象。二老邀翠翠到他家去等爷爷，翠翠以为他是要她上有女人唱歌的楼上去，以为欺侮了她，就轻轻地说：“你个悖时砍脑壳的！”后来知道那是二老，想起先前骂人的那句话，心里又吃惊又害羞。到家见着祖父，“另一件事，属于自己不关祖父的，却使翠翠沉默了一个夜晚。”

两年后的端午节，祖父和翠翠到城里看龙船，从祖父与长年的谈话里，听明白二老是在下游六百里外青浪滩过的端午。翠翠和祖父在回家的路上走着，忽然停住了发问：“爷爷，你的船是不是正在下青浪滩呢？”这说明翠翠的心此时正在飞向滩边。

二老过渡，到翠翠家中做客。二老想走了，翠翠拉船。“翠翠斜睨了客人一眼，见客人正盯着她，便把脸背过去，抿着嘴儿，很自负地拉着那条横缆……”“自负”二字极好。

翠翠听到两个女人说闲话，说及王团总要和顺顺打亲家，陪嫁是一座碾坊，又说二老不要碾坊，还说二老欢喜一个撑渡船的……

翠翠心想碾坊陪嫁，稀奇事情咧。这些闲话使翠翠不得不接触到实际问题。

但是翠翠还是在梦里。傩送二老按照老船夫所指出的“马路”，夜里去为翠翠唱歌。翠翠“梦中灵魂为一种美妙歌声浮起来了，仿佛轻轻地各处飘着；上了白塔，下了菜园，到了船上，又复飞窜过悬崖半腰，——去做什么呢？摘虎耳草！”这是极美的电影慢镜头，伴以歌声。

事情经过许多曲折。

天保大老走“车路”不通，托人说媒要翠翠不成，驾油船下辰州，掉到茨滩淹坏了。

大雷大雨的夜晚，老船夫死了。

祖父的朋友杨马兵来和翠翠作伴，“因为两人每个黄昏必谈祖父以及这一家有关系的事情，后来便说到了老船夫死前的一切，翠翠因此明白了祖父活时所不提到的许多事，二老的唱歌，顺顺大儿子的死，顺顺父子对于祖父的冷漠，中寨人用碾坊作陪嫁妆奁诱惑傩送二老，二老既记忆着哥哥的死亡，且因得不到翠翠理会，又被家中逼着接受那座碾坊，意思还在渡船，因此赌气下行，祖父的死因，又如何与翠翠有关……凡是翠翠不明白的事，如今可都明白了。翠翠把事情弄明后，哭了一个夜晚”。哭了一夜，翠翠长成大人了。迎面而来的，将是什么？

“我平常最会想象好景致，且会描写好景致”（《湘行集·泊缆子湾》）。沈从文对写景可算是一个圣手。《边城》写景处皆十分精彩，使人如同目遇。小说里为什么要写景？景是人物所在的环境，是人物的外化，人物的一部分。景即人。且不说沈从文如何善于写景，只举一例，说明他如何善于写声音、气味：“天快夜了，别的雀子似乎都在休息了，只杜鹃叫个不息。石头泥土为白日晒了一整天，草木为白日晒了一整天，到这时节皆放散一种热气。空气中有泥土气味，有草木气味，且有甲虫类气味。翠翠看着天上的红云，听着渡口飘乡生意人的杂乱声音，心中有些儿薄薄的凄凉。”有哪一个诗人曾经写过甲虫的气味？

《边城》的结构异常完美。二十一节，一气呵成；而各节又自成起讫，是一首一首圆满的散文诗。这不是长卷，是二十一开连续性的册页。

《边城》的语言是沈从文盛年的语言，最好的语言。既不似初期那样地放笔横扫，不加节制；也不似后期那样过事雕琢，流于晦涩。这时期的语言，每一句都“鼓立”饱满，充满水分，酸甜合度，像一篮新摘的烟台玛瑙樱桃。

《边城》，沈从文的小说，究竟应该在文学史上占一个什么地位？金介甫在《沈从文传》的引言中说：“可以设想，非西方国家的评论家包括中国的在内，总有一天会对沈从文作出公正的评价：把沈从文、福楼拜、斯特恩、普罗斯特看成成就相等的作家。”总有一天，这一天什么时候来？

汪曾祺

一九九二年十月二日

牛

【题解】

这是一篇写人与牛的关系的小说。

大牛伯在荞麦田里为一点小事生了他的心爱的小牛的气，用榔槌不知轻重地打了小牛的后脚一下，把牛脚打坏了，牛脚瘸了，不能下田拉犁。

牛脚不好，大牛伯只好放小牛两天假，让它休息休息，玩两天。

可是田里的活耽误不得。五天前刚下过一阵雨，田里的土都酥软了，天气又很好，正是犁田的好时候。

大牛伯到两里外场集上找甲长，——这甲长既是地方小官，也是本地牛医。偏偏甲长接到通知，要叫他办招待筹款，他骑上马走了。

大牛伯打听到十里远近得虎营有个师傅会治牛病，就专程去请。这位名医给小牛用银针扎了几针，把一些草药用口嚼烂，敷到扎针处，把预许的一串白铜制钱扛到肩上，走了。

小牛的脚不见好。

大牛伯就去向有牛的人家借牛用两三天，人家都不借。

大牛伯只好到附近庄子里去请帮工，用人力拖犁。两个帮工，加上大牛伯自己，总算趁好天气把土翻好了。

到第四天，小牛的脚好了，可以下田了。大牛伯因为顾恤到小牛的病脚，不敢悭吝自己的力气；小牛也因为顾虑主人的缘故，特别用力气只向前奔。他们一天耕的田比用人工两倍还多。

【文本】

有这样事情发生，就是桑溪荡里住，绰号大牛伯的那个人，前一天居然在荞麦[①]田里，同他的耕牛为一点小事生气，用木榔槌[②]打了那耕牛后脚一下。这耕牛在平时是仿佛他那儿子一样，纵是骂，也如骂亲生儿女，在骂中还不少爱抚的。但是脾气一来不能节制自己，随意敲了一下，不平常的事因此就发生了。当时这主人还不觉得，第二天，再想放牛去耕那块工作未完事的荞麦田，牛不能像平时很大方地那么走出栏外了。牛后脚有了毛病，就因为昨天大牛伯主人那么不知轻重在气头下一

① 荞麦：一年生草本农作物，叶戟形，花白色或淡红色，结实三棱卵圆形，磨粉可擀面条或压饸饹，爽滑耐饥。名为麦，实非麦类。

② 木榔槌：木制的槌，一般打草鞋捶软稻草时用。

榔槌的结果。

大牛伯见牛不济事，有点手脚不灵便了，牵了牛系在大坪里木桩上，蹲到牛身下去，扳了那牛脚看。他这样很温和地检查那小牛，那牛仿佛也明白了大牛伯心中已认了错，记起过去两人的感情了，就回头望到主人，眼中凝了泪，非常可怜的似乎想同大牛伯说一句有主奴体裁的话，这话意思是，“大爹，我不怨你，平素你待我很好，你打了我把我脚打坏，是昨天的事，如今我们讲和了。我只一点儿不方便，过两天就会好的”。

可是到这意思为大牛伯看出时，他很狡猾的用着习惯的表情，闭了一下左眼。他不再抚摩那只牛脚了。他站起来在牛的后臀上打了一拳，拍拍手说：“坏东西，我明白你。你会撒娇，好聪明！从什么地方学来的，打一下就装走不动路？你必定是听过什么故事，以为这样当家人就可怜你了，好聪明！我看你眼睛，就知道你越长心越坏了。平时干活就不肯好好地干，吃东西也不肯随便，这脾气是我都没有的脾气！”

主人说过很多聪明的话语后，就走到牛头前去，当面对牛，用手指戳那牛额头，“你不好好地听我管教，我还要打你这里一下，在右边。这里，左边也得打一下。我们村小孩不上学，老师有这规矩打了手心，还要向孔夫子拜，向老师拜，不许哭。你要哭吗？坏东西呀！你不知道这几天天气正好吗？你不明白五天前天上落的雨是为天上可怜我们，知道我们应当种荞麦了，为我们润湿土地好省你的气力吗？……”

大牛伯一面教训他的牛，一面看天气。天气实在太好了，就仍然扛了翻犁，牵了那被教训过一顿据说是撒娇偷懒的牛，到田中去做事。牛虽然有意同他主人讲和，当家也似乎看清楚了这一点，但实在是因为天气太好，不做事可不行，所以到后那牛就仍然瘸着在平田中拖犁，翻着那为雨润湿的土地了。大牛伯虽然是像管教小学生那么管束他那小牛，仍然在它背上加了犁的轭，但是人在后面，看到牛一瘸一拐的一句话不说的向前奔时，心中到底不能节制自己的悲悯，觉得自己做事有点任性，不该那么一下了。他也像做父亲的所有心情，做错了事表面不服输，但心中究竟过意不去，于是比平时更多用了一些力，与牛合作，让大的汗水从太阳角流到脸上，也比平时少骂那牛许多——在平时，这牛是常常因为觑望了别处风景或过路人，转身稍迟，大牛伯就创作出无数稀奇古怪的字眼来辱骂过它的。天下事照例是这样，要求人了解，再没有比“沉默”这一件事为合式了。有些人总以为天生了人的口，就是为说话用，有心事，说话给人听，人就了解了。其实如果口是为说话才用得着，那么大牛小鸟全有口，大的口已经有那么大，说“大话”也够了，为什么又不去做官，又不去演讲呢？并且说“小话”，小鸟也永远赶不上人。这些事在牛伯的见解下是不会错的。

在沉默中他们才能互相了解，这是一定的，如今的大牛伯同他的小牛，友谊就成立在这无言中。这时那牛一句话不说，也不呻唤，也不嚷痛，也不说“请大爹赏一点药或补几个药钱”（如果是人，他必定有这样正当的于自己有利益的要求的）。这牛并且还不说“我要报仇，非报仇不可”那样恐吓主人的话语，就是态度也缺少这种切齿的不平。它只是仍然照老规矩做事，十分忠实的用力拖犁，使土块翻起。它嗅着新土的清香气息。它的努力在另一些方法上使主人感到了。它喘着气，因为脚跟痛苦走时没有平时灵便。但它一个字不说，它“喘气”却完全不“叹气”。到后大牛伯的心完全软了。他懂得它一切，了解它，不必靠那只供聪明人装饰自己的言语。

不过大牛伯心一软，话也说不出了。他如说：“朋友，是我错。”也许那牛还疑心这是谎话，这谎话一则是想用言语把过错除去，一则是谎它再发狠做事。人与人是常常有这样事情的，并不止牛可以这样多疑。他若说：“已经打过了，也无办法，我是主人，虽然是我的任性，也多半是你的服务不十分尽力，我们如今两抵，以后好好生活吧。”这样说，牛若听得懂他的话，牛也是不甘心的。因为它是常常自信已尽过了所能尽的力，一点不敢怠惰，至于报酬，又并不争论，主人假若是有人心，自己就不至于挨一榔槌的。并且用家伙殴打，用言语抚慰，这样事别的不能证明，只恰恰证明了人类做老爷主子的不老实罢了。他们会说话，用言语装饰自己的道德仁慈，又用言语作惠，虽惠不费。如今的牛是正因为主人一句话不说，不引咎自责，不辩解，也不假托这事是吃醉了酒以后发生的不幸，明白了主人心情的。有些人是常常用“醉酒”这样字眼作过一切岂有此理坏事的。他只是一句话不说，仍然同牛在田中来回的走，仍然嘘嘘的督促到它转弯，仍然用鞭打牛背。但他昨天所做的事使他羞惭，特别的用力推犁，又特别表示在他那照例的鞭子上。他不说这罪过是谁想明白这责任，他只是处处看出了它的痛苦，而同时又看到天气。“我本来愿意让你休息，全是因为下半年的生活才不能不做事。”这种情形他不说话也被他的牛看出了的。但他们真的已讲和了。

犁了一块田，他同那牛停顿在一个地方，释了牛背上的轭，他才说话。

他说：“我这人老了，人老了就要做蠢事。我想你玩半天，养息一会，就会好的，你说是不是?”小牛无意见可说，望着天空，头上正有一只喜鹊飞过去。

他就让牛在有水草的沟边去玩，吃草饮水，自己坐到犁上想事情。他的的确确是打量他的牛明天就会全好了的。他还没有把荞麦下田，就计算到新荞麦上市的价钱。他又计算到别的一些事情，这些事情说起来全都近于很平常的。他打火镰吸烟，边吸烟边看天。天蓝得怕人，高深无底，白云散布四方，白日炙人背上如春天。这时是九月，去真的春天还远。

那只牛，在水边站了一会，水很清冷，草是枯草，它脚有苦痛，这忠厚动物工作疲倦了，它到后躺在斜坡下坪中睡了。它被太阳晒着，非常舒服地做了梦。梦到大爹穿新衣，它自己则角上缠红布，两个大步地从迎春的寨里走出，预备回家。这是一只牛所能做的最光荣的好梦，因为这梦，不消说它就把一切过去的事全忘了，把脚上的痛处也忘了。

正午，山上寨子有鸡叫了，大牛伯牵他的牛回家。

回家时，它看到他主人似乎很忧愁，明白是它走路的跛足所致。它曾小心的守着老规矩好好走路，它希望它的脚快好，就是让凶恶不讲道理的兽医揉搓一阵也很愿意。

他呢，的确是有点忧愁了，就因为那牛休息时，侧身睡到草坪里，他看到它那一只被木榔槌所敲打过的腿时时抽缩着，似乎不是一天两日自然会好的事，又看到同那牛合作所犁过的田，新翻起的土壤如开花，于是为一种不敢去猜想的未来事吓呆了，“万一……？”那么，荞麦价不与自己相干了，一切皆将不与自己相干了。

他在回家的路上，看到小牛的步伐，想到的事完全是麦价以外的事。究竟这事是些什么，他是不能肯定的。总而言之，万一就这样了，那么，他同他的事业就全完了。这就像赌输了钱一样，同天打赌，好的命运属于天，人无分，输了，一切也应当完了。假若这样说吧，就是这牛因为这脚无意中被一榔槌，从此跛了，医不好了，除了做菜或做牛肉干，切成三斤五斤一块，用棕绳挂到灶头去熏，要用时再从灶头取下切细加辣子炒吃，没有别的意义，那末，大牛伯也得……因为牛一死，他什么都完了。

把牛系到院中大桩旁，到箩筐里去取红薯拌饭煮时的大牛伯，心上的阴影还是先前一样。

到后，抓了些米头子洒在院中喂鸡，望到那牛又睡下去把那后脚缩短，大牛伯心上阴影更厚了。

吃过了中饭，他就到两里外场集上去找甲长，甲长是本地方小官，也是本地方牛医。甲长如许多有名医生一样，显出非常忙迫而实在又无什么事的样子。他们是老早很熟了的。

他先说话，他说：“甲长，我牛脚出了毛病。”

甲长说：“这是脚癀，拿点药去一擦就好。”

他说：“不是的。”

“你怎么知道不是，近来患脚癀的极多，今天有两个桑溪人的牛都有脚癀。”

“不是癀，是搞伤了的。”

“我有伤药。”这甲长意思是大凡是脚只有一种伤，就是碰了石，他的伤药也就是为这一种伤所配合的。

大牛伯到后才说这是他用木榔槌打了一下的结果。

他这样接着说：

“……我恐怕那么一下太重了，今天早上这东西就对我哭，好像要我让它放工一天。你说怎样办得到？天雨是为方便我们落的。天上出日头，也是方便我们，不在这几天耕完，我们还有什么时候？我仍然扯了它去。一个上半天我用的力气还比它多，可是它不行了，睡到草坪内，样子就很苦。它像怕我要丢了它，看到我不作声，神气忧愁，我明白这大眼睛所想说的话，和它的心事。”

甲长答应同他到村里去看看那牛，到将要出门，别处有人送文书来了，说县里有军队过境，要办招待筹款，召集甲长会议，即刻就到会。

这甲长一面用一个乡绅的派头骂娘，一面换青泰西缎马褂，喊人备马，喊人为衙门人办点心，忙得不亦乐乎，大牛伯叹了一口气，一人回了家。

回到家来他望到那牛，那牛也望到他，两个真正讲了和，两个似乎都知道这脚不是一两天可好的事了，在自己认错中，大牛伯又小心的扳了一回牛脚，看那伤处，用了一些在五月初五挖来的平时给人揉跌打损伤的草药，敷在牛脚上去，用布片包好，牛像很懂事，规规矩矩尽主人处理，又规规矩矩回牛栏里去睡。

晚上听到牛吃草声音，大牛伯拿了灯到照过好几次，这牛明白主人是因为它的缘故晚睡的，每遇到大牛伯把一个圆大的头同一盏桐油灯从栅栏边伸进时，总睁大了眼睛望它主人。

他从不问它“好了么?”或“吃亏么?”那一类话，它也不告他“这不要紧”或“我请你放心”那类话，他们的互相了解不在言语，而他们却是真真很了解的。

这夜里牛也有很多心事，它是明白他们的关系的。他用它帮助，所以同它生活，但一到了他看出不能用到它的时候，它就将让另外一种人牵去了。它还不很清楚牵去了以后将做什么用途，不过间或听到主人的愤怒中说“发瘟的”“作牺牲的”“到屠户手上去”这一类很奇怪的名字时，总隐隐约约看得出只要一与主人离开，情形就有点不妥，所得的痛苦就不止是诅骂同鞭打了。为了这不可知的未来，它如许多蠢人一样，对这问题也很想了一些时间，譬如逃走离开那屠户，或用角触那凶人同他拼命，又或者……它只不会许愿，因为许愿是人才懂这个事，并且凡是许愿求天保佑，多说在灾难过去幸福临门时，杀一只牛或杀猪、杀羊，至少必须一只鸡，假如人没有东西可许(如这一只牛，却什么也没有是它自己的，只除了不值价的从身上取出的精力)，那么天也不会保佑这类人的。

这牛迷迷糊糊时就又做梦，梦到它能拖了三具犁飞跑，犁所到处土皆翻起如波浪，主人则站在耕过的田里，膝以下皆为松土所掩，张口大笑。当到这可怜的牛做着这样的好梦时，那大牛伯是也在做着同样的梦的。他只梦到用四床大晒谷簟[1]铺在坪里，晒簟上新荞堆高如小山。抓了一把褐色荞子向太阳下照，荞子在手上皆放乌金光泽。那荞就是今年的收成，放在坪里过斛上仓，竹筹码还是从甲长处借来的，一大捆丢到地下，哗地响了一声。而那参与这收成的功臣，——那只小牛，就披了红站在身边，他于是向它说话，神气如对多年老友。他说："伙计，今年我们好了。我们可以把围墙打一新的了；我们可以换一换那两扇腰门[2]了；我们可以把坪坝栽一点葡萄了；我们……"他全是用"我们"的字眼，仿佛这一家的兴起，那牛也有分，或者是光荣，或者是实际。他于是俨然望到那牛仍然如平时样子，水汪汪的眼睛中写得有四个大字："完全同意"。

好梦是生活的仇敌，是神给人的一种嘲弄，所以到大牛伯

---

① 簟：晒谷物用的粗竹席。

② 腰门：南方有些地方农村在大门外还有两扇只有半截的门。

醒来，他比起没有做梦的平时更多不平。他第一先明白了荞麦还不上仓，其次就记起那用眼睛说“完全同意”的牛是还在栏中受苦了，天还不曾亮，就又点了灯到栏中去探望那“伙计”。他如做梦一样，喊那牛做伙计，问它上了药是不是好了一点。牛不作声，因为它不能说它正做了什么梦。它很悲戚地看到主人，且记起了平常日子的规矩，想站起身来，跟到主人出栏。

它站起走了两步，他看它还是那样瘸跛，噗地把灯吹熄，叹了一口气，走向房里躺在床上了。

他们都在各自流泪。他们都看出梦中的情形是无希望的神迹了，对于生存，有一种悲痛在心。

到了平时下田的早上，大牛伯却在官路上走，因为打听得十里远近的得虎营有师傅会治牛病，特意换了一件衣，用红纸封了两百钱，预备走到那营寨去请牛医为家中伙计看病。到了那里被狗吓了一阵，师傅又不凑巧，出去了，问明白了不久会回来，他想这没有办法，就坐到那寨子外面大青树下等。在那大青树下就望到别人翻过的田，八十亩，一百亩，全在眼前炫耀，等了半天，师傅才回家，会了面，问到情形，这师傅也一口咬定是牛癀。

大牛伯说：“不是，我是明白我那一下分量稍重了点，或打断了筋。”

“那是伤转癀，拿这药去就行。”

大牛伯心想，癀药我家还少？要走十里路来讨这东西？把嘴一瘪，做了一个可笑的表情。

说也奇怪，先是说得十分认真了，决不能因为这点点事走十里路。到后大牛伯忽然想透了，明白是包封太轻了，答应了包好另酬制钱一串，这医生心一活动，不久就同大牛伯在官路上奔走，取道回桑溪了。

这名医有大城中名医的排场，到了家，先喝酒，吃点心饭，饭用过以后，剔完牙齿，又吃一会烟，才要主人把牛牵到坪中来，把衣袖卷到肘上，拿了针，由帮手把牛脚扳举，才略微用手按了按伤处，看看牛的舌头同耳朵。因为要说话，他就照例对于主人的冒失加以一种责难。说是这东西打狠了是不行的。又对主人随便把治人伤药敷用到牛脚上认为是一种将来不可大意的事情。到后是在牛脚上扎了两针，把一些药用口嚼烂敷到针扎处，包了杉木皮，说是过三天包好，嘱帮手拿了预许的一串白铜制钱扛到肩上，游方僧那么摇摇摆摆走了。

把师傅送走，站到门外边，一个卖片糖的本乡人从那门前大路下过身，看到了大牛伯在坎上门前站，就关照说：

“大牛伯，大牛伯，今天场上有好嫩牛肉，知道了没有?”

“见你的鬼!”他这样轻轻地答应了那关照他的卖糖人，走进大门旮的把门关了。

他愿意信仰那师傅，所以想起师傅索取那制钱时一点不勉强的就把钱给了。但望到那人从官路上匆匆走去的那师傅背影，尤其是那在帮手肩上的制钱一串，他对这师傅有点怀疑，且像自己是又做错了事，不下于打那小牛一榔槌了，就懊悔起来。他以为就是这么随便扎两针也值一串二百钱，一顿点心，这显然是一种欺骗，自己性急又上当了。那时就正有点生气，到后又为卖糖人喊他买“牛肉”更不高兴了，走进门见到那牛睡在坪里，就大声辱骂：“明天杀了你吃，看你脚会好不好！”

那牛正因为被师傅扎了几针，敷了药，那只脚疼痛不过，见寒见热，听到主人这样气愤愤地骂它，睁了眼见到大牛伯样子，心里很难过，又想哭哭。大牛伯见到这情形，才觉得自己仍然做错了事，不该说气话了，就坐到院坪中石碌碡上，一句话不说，以背对太阳，尽太阳炙背。天气正是适宜于耕田的天气，他想同谁去借牛把其余的几亩地土翻松一下，好落种，想不出当这样时节谁家有可借的牛。

过了一会，他不能节制自己，又骂出怪话来了，他向那牛说：

“你撒娇就是三只脚，你也要做事！”

它有什么可说呢？它并不是故意。它从不知道牛有理由可以在当忙的日子中休息，而这休息还是“借故”。天气这样好，它何尝不欢喜到田里去玩。它何尝不想为主人多尽一点力，直到那粮食满屋满仓“完全同意”的日子。就是如今脚不行了，它何尝又说过“我不做”“我要休息”一类话。主人的生气它也能原谅，因为这，不比其他人的无理由胡闹。可是它有什么可说呢？它能说“我明天就好”一类话吗？它能说“我们这时就去”一类话吗？它既没有说过“我要休息”，当然也不必来说“我可以不休息”了。

它一切尽大爹，这是它始终一贯的性格。这时节主人如果是把犁打出，它仍然会跟了主人下田，开始做工，无一点不快的神气，无一点不耐烦。

可是说过好歹要工作的牛伯，到后又来摩它的耳朵，摩它的眼，摩它的脸颊了，主人并不是成心想诅咒它入地狱，他正因为不愿意它同他分手，把它交给一个屠户，才有这样生气发怒的时候！它之所以始终不说一句话，也就是它能理解它的主人，它明白主人在它身上所做的梦。它明白它的责任。它还料得到，再过三天脚还不能复元，主人脾气忽然转成暴躁非凡，也是自然的事。

当大牛伯走到屋里去找取镰刀削犁把上小木栓时，它曾悄悄地独自在院里绕了圈走动，试试可不可以如平常样子。可怜的东西，它原是同世界上有些人一样，不惯于在好天气下休息赋闲的。只是这一点，大牛伯却缺少理解这伙计的心，他并没有想到它还为这怠工事情难过，因为做主人的照例不能体会到做工的人畜。

大牛伯削了一些木栓，在大坪中生气似的敲打了一阵犁头，想了想纵然伙计三天会好也不能尽这三天空闲，因为好的天气是不比印子钱[1]，可以用息金借来的，并且许愿也不容易得到好天气，所以心上活动了一阵，就走到别处去借牛。他估定了有三处可以说话，有一处最为可靠，有了牛他在夜间也得把

① 印子钱：旧中国的一种高利贷。放债人以高利放出贷款，限借债人分期偿还，每次偿款都在预立的折子上加盖一印，故名“印子钱”。

那田马上耕好。

他就到了第一个有牛的熟人家去，向主人开口。

“老八，把你牛借我两三天，我送你两斗麦子。”

主人说：“伯伯，你帮我想法借借牛吧，我正要找你去，我愿意出四斗麦子。”

“那我也出四斗。”

“怎么？你牛不是好好的么？”

“有癀，……”

“哪会有癀？”

“请牛医看过了，花一串制钱。”

主人知道牛伯的牛很健壮，平素又料理得极好，就反问他为什么事缺少牛用。没有把牛借到的牛伯，自然仍得一五一十地把伙计如何被自己一榔槌的故事说说，他在叙述这故事中不缺少自怨自艾的神气，可是用“追悔”是补不来“过失”的，他到没有话可说，就转到第二家去。

见到主人，主人先就开口问他是不是把田已经耕完。他告主人牛生了病，不能做事。主人说：

“老汉子，你谎我。耕完了就借我用用，你那小黄是用木榔槌在背脊骨上打一百下也不会害病的。”

“打一百下？是呀，若是我在它背脊骨上打一百下，它仍然会为我好好做事。”

“打一千下？是呀也挨得下，我算定你是捶不坏牛的。”

“打一千下？是呀，……”

“打两千下也不至于……”

“打两千下，是呀，……”

说到这里两人都笑了，因为他们在这闲话上随意能够提出一种大数目，且在这数目上得到一点仿佛是近于“银钱”“大麦的斛数”那种意味。他到后，就告给了主人，还只打“一下”，牛就不能行动自如了。主人还不相信，他才再来解释打的地方不是背脊，却是后脚弯。本意是来借牛，结果还是说一阵空话了事。主人的牛虽不病可是无空闲，也正在各处设法借牛乘天气好翻地。

待到第三处熟人家，就是牛伯以为最可靠的一家去时，天色已夜了，主人不在家，下了田还没回来，问那家的女人，才明白主人花了一斛麦子借了一只牛，连同家中一只牛在田中翻土，到晚还不能即回。

转到家中，牛伯把伙计的脚检查检查，又想解开药包看看，若不是因为小牛有主张，表示不要看的意思，日来的药金又恐怕等于白费了。

各处皆无牛可借，自己的牛又实在不能做事，这汉子无法，到夜里还走到附近庄子里去请帮工，用人力拖犁，说了很长的时候，才把人工约定。工人答应了明天天一亮就下田，一共雇妥了两个人，加上自己，三个人的气力虽仍然不及一只小牛，但总可以乘天气把土翻好了。牛伯高高兴兴地回了家，喝了一小葫芦水酒，规规矩矩用着一个虽吃酒却不闹事的醉人体裁横睡到床上，根据了田已可以下种一个理由，就糊糊涂涂做了一晚好梦。半夜那伙计睡不着，以为主人必定还是会忽然把一个大头同灯盏从栅栏外伸进来，谁知到天亮了以后有人喊主人名字了，主人还不曾醒。

三个人，两个人在前一个人在后耕了半天田，小牛却站在田塍上吃草眺望好景致。正像小孩子因牙痛不上学的情形，望到其他学生背书，费大力气，自己才明白做学生真不容易。不过往日轮到它头上做的事，只要伤处一复元，也仍然是免不了要照常接受。

在几个人合作耕田时，牛伯在后面推犁，见到伙计站到太阳下的寂寞，是曾说过“伙计，你也来一角吧”那样话语的，若这不是笑话，它绝不会推辞这个提议，但主人因为想起昨天放在医生的手背上那一串放光的制钱，所以不能不尽小牛玩了。

不过单是一事不做，任意地玩，吃草，喝水，睡卧，毫无拘束在日光下享福，这小牛还是心里很难受的。因为两个工人在拉犁时，就一面谈到杀牛卖肉的事情，他们竟完全不为站在面前的小牛设想。他们说跛脚牛如何只适宜于吃肉的理由，又说牛皮制靴做皮箱的话。这些坏人且口口声声说只有小牛肚可以下酒，小牛肉风干以后容易煨烂，小牛皮做的抱兜佩带舒服。这些人口中说的话，是无心还是有意，在小牛听来是分不清楚的。它有点讨厌他们，尤其是其中一个年轻一点的人，竟说“它的病莫非是假装”那些坏话，有破坏主人对牛友谊的阴谋，虽然主人不会为这话所动，可是这人坏处是无疑了。

到了晚上，大家回家了，当主人用灯照到它时，这牛就仍然在它那水汪汪的大眼睛上，解释了自己的意思，它像是在诉说："大爹，我明天好了，把那花钱雇来的两个工人打发去了吧。我听不惯他们的讥诮和侮辱。我愿意多花点气力把田地赶出，你放心，我一定不让好天气带来的好运气分给了一切人，你却独独无分。"

主人是懂这样意思的，因为他不久就对牛说话了，他说：

"伙计，是的，你会很快的就好了的，医生说你至多三天就好。下田还是我们两个作配手好，我们赶快把那点地皮翻好，就下种。因为你的脚不方便，你瞧，我请他们来帮忙，我花了钱还只耕得一点点。他们哪里有你的气力？他们做工的人，近来脾气全为一些人放纵坏了，一点旧道德也不用了，他们人做的事情当不到你牛一半，却问我要钱用，要酒喝，且有理由到别处去说：'我今天为桑溪大牛伯把我当牛耕了一天田，因为要吃饭，我不得不做事，可是现在腰也发疼了，只差比牛少挨一鞭子。'这话是免不了要说的，我是没有办法才要他们来帮忙的。"

它想说："我愿意我明天就会好，因为我不欢喜那向你要钱要酒饭的汉子。他们的心术似乎都不很好。"主人不等他说先就很懂了，主人离开栅栏时就肯定而又大声说道："我恨他们，一天花了我许多钱，还说小牛皮做抱兜相宜，真是土匪强盗！"

……

小牛居然很自然地同主人在一块未完事的田中翻土了，是四天以后的事，好天气还像是单因为牛伯一个人幸福的缘故而保留到桑溪。他们大约再有两天就可以完事了，牛伯因为体恤到伙计的病脚，不敢吝惜自己气力，小牛也因为顾虑到主人的缘故，特别用力气只向前奔，他们一天所耕的田比用工人两倍还多。

于是乎，回到了家中，两位又有理由做那快乐幸福的梦了，牛伯为自己的梦也惊讶了，因为他梦到牛栏里有四只牛，有两只是花牛，生长得似乎比伙计更其体面，第二天一早起来他就走到栏边去看，且大声地告给“伙计”，说：

“伙计，你应当有伴才是事，我们到十二月再看吧。”

伙计想十二月还有些日子就点点头，“好，十二月吧。”

到了十二月，荡里所有的牛全被衙门征发到一个不可知的地方去了，大牛伯只有成天到保长家去探信一件事可做。顺眼无意中望到弃在自己屋角的木榔槌，就后悔为什么不重重地一下把那畜生的脚打断。

作于一九二九年夏

【赏析】

除几个穿插性的角色，这篇小说只有两个“人物”，大牛伯和他的小牛。这只小牛是通人性的。它对大牛伯有很深的感情。它尽力地为大牛伯犁田。他们的思想感情是可以交流的。大牛伯的心思，小牛完全体会得到。它用它的水汪汪的大眼睛跟大牛伯说话。他们真是莫逆无间。

牛会做梦。

> 这牛迷迷糊糊时就又做梦，梦到它能拖了三具犁飞跑，犁所到处土皆翻起如波浪，主人则站在耕过的田里，膝以下皆为松土所掩，张口大笑。

大牛伯会同时和小牛做梦。

> 当到这可怜的牛做着这样的好梦时，那大牛伯是也在做着同样的梦的。他只梦到用四床大晒谷簟铺在坪里，晒簟上新荞堆高如小山。抓了一把褐色荞子向太阳下照，荞子在手上皆放乌金光泽。那荞就是今年的收成，放在坪里过斛上仓，竹筹码还是从甲长处借来的，一大捆丢到地下，哗地响了一声。而那参与这收成的功臣，——那只小牛，就披了红站在身边，他于是向它说话，神气如对多年老友。他说："伙计，今年我们好了。我们可以把围墙打一新的了；我们可以换一换那两扇腰门了；我们可以把坪坝栽一点葡萄了；我们……"他全是用"我们"的字眼，仿佛这一家的兴起，那牛也有分，或者是光荣，或者是实际。他于是俨然望到那牛仍然如平时样子，水汪汪的眼睛中写得有四个大字："完全同意"。

小牛对大牛伯提出的意见，总是表示“好商量”。大牛伯梦到牛栏里有四只牛，就大声告给“伙计”说：

“伙计，你应当有伴才是事，我们到十二月再看吧。”

伙计想十二月还有些日子就点点头，“好，十二月吧。”

小说把小牛“人化”了，因此就具有颇浓的童话色彩。这童话色彩其实是丰富的人情。

小说的语言带喜剧色彩，这是大牛伯善良幽默的性格所致。比如：

见到主人，主人先就开口问他是不是把田已经耕完。他告主人牛生了病，不能做事。主人说：

“老汉子，你谎我。耕完了就借我用用，你那小黄是用木榔槌在背脊骨上打一百下也不会害病的。”

“打一百下？是呀，若是我在它背脊骨上打一百下，它仍然会为我好好做事。”

“打一千下？是呀也挨得下，我算定你是捶不坏牛的。”

“打一千下？是呀，……”

“打两千下也不至于……”

“打两千下，是呀，……”

说到这里两人都笑了，……

这样的时候，还能这样的说笑，中国农民的承受力真了不起！

他们不是小小的挫折就可以压垮的。

一切本来是很顺利、很圆满的：小牛的脚好了，荞麦田耕出来了，看样子十二月真可能给小牛找个伴，可是故事却来了个出人意料的结尾：到了十二月，荡里所有的牛全被衙门征发到一个不可知的地方去了，大牛伯只有成天到保长家去探询这一件事可做。顺眼中望到自己屋角的大榔槌，就后悔当初为什么不重重地一下把那小牛的脚打断。

这就是旧中国的农民。他们没有自己的财产权，衙门可以任意征用农民的耕牛，只要一句话！

小说的结尾是一个悲剧。因为前面充满童话色彩和喜剧色彩，就使得这悲剧让人感到格外的沉痛。

丈　夫

【题解】

题目是《丈夫》，别有意味。为什么是“丈夫”？因为这是一个有点特别的丈夫。这不是娶了老婆居家过日子的丈夫。这是从事“古老职业”的女人——妓女的丈夫。

湘西水上的妓女有两种。

一种是在吊脚楼上做“生意”的。长期的包占可以，短时间的“关门”也可以。“婊子爱钞”，对到楼上来烧烟胡闹的川东客人，常常会掏空他们的荷包，但对有情有义的水手，则银钱就在可有可无之间了。《柏子》（沈从文早期小说）所写的便是这种妓女。这种妓女的爱是强烈的、美丽的。

另一种，是在船上做“生意”的，这种船被称为“花船”。船上人，她们把这件事也像其余地方一样，这叫做“生意”。她们从乡下来，从那些种田挖园人家，离了乡村，离了石磨和小牛，离了那年轻而强健的丈夫，跟随到一个熟人，就来到这船上做生意了。

故事非常简单，一个不亟亟于生养孩子的妇人，到了城里，能够每月把从城里两个晚上所得的钱，送给那在乡下诚实耐劳种田为生的丈夫处去，在那方面就可以过了好日子，名分不失，利益存在，所以许多年轻的丈夫，在娶妻以后，把妻送出来，自己留在家里耕田种地安分过日子，也竟是极其平常的事。

然而这毕竟不是平常的事。有的丈夫不要过这样的生活，不要当这样的“丈夫”！他们的心不平静。照现在流行的说法：他们觉得很“失落”。

这篇小说写的就是一个丈夫的“失落”。

【文本】

落了春雨，一共有七天，河水涨大了。

河中涨了水，平常时节泊在河滩的烟船、妓船，离岸极近，船皆系在吊脚楼下的支柱上。

在四海春茶馆楼上喝茶的闲汉子，伏身在临河一面窗口，可以望到对河的宝塔“烟雨红桃”好景致，也可以知道船上妇人陪客烧烟的情形。因为那么近，上下都方便，有喊熟人的声音，从上面或从下面喊叫，到后是互相见到了，谈话了，取了亲昵样子，骂着野话、粗话，于是楼上人会了茶钱，从湿而发臭的甬道走去，从那些肮脏地方走到船上了。

上了船，花钱半元到五块，随心所欲吃烟睡觉，同妇人毫无拘束地放肆取乐，这些在船上生活的大臀肥身年轻女人，就用一个妇人的好处，服侍男子过夜。

船上人，她们把这件事也像其余地方一样称呼，这叫做“生意”。她们都是做生意而来的。在名分上，那名称与别的工作同样，不与道德相冲突，也并不违反健康。她们从乡下来，从那些种田挖园的人家，离了乡村，离了石磨同小牛，离了那年轻而强健的丈夫，跟随到一个熟人，就来到这船上做生意了。做了生意，慢慢的变成为城市里人，慢慢的与乡村离远，慢慢的学会了一些只有城市里才需要的恶德，于是这妇人就毁了。但那毁，是慢慢的，因为需要一些日子，所以谁也不去注意了。而且也仍然不缺少在任何情形下还依然会好好地保留着那乡村淳朴气质的妇人，所以在市的小河妓船上，决不会缺少年轻女子的来路。

事情非常简单，一个不亟亟于生养孩子的妇人，到了城市，能够每月把从城市里两个晚上所得的钱，送给那留在乡下诚实耐劳种田为生的丈夫处去，在那方面就可以过了好日子，名分不失，利益存在，所以许多年轻的丈夫，在娶妻以后，把妻送出来，自己留在家中耕田种地安分过日子，也竟是极其平常的事了。

这种丈夫，到什么时候，想及那在船上做生意的年轻的媳妇，或逢年过节，照规矩要见见媳妇的面了，自己便换了一身浆洗干净的衣服，腰带上挂了那个工作时常不离口的短烟袋，背了整箩整篓的红薯糍粑之类，赶到市上来，像访远亲一样，从码头第一号船上问起，一直到认出自己女人所在的船上为止。问明白了，到了船上，小心小心地把一双布鞋放到舱外护板上，把带来的东西交给了女人，一面便用着吃惊的眼睛，搜索女人的全身。这时节，女人在丈夫眼下自然已完全不同了。

大而油光的发髻，用小镊子扯成的细细眉毛，脸上的白粉同绯红胭脂，以及那城市里人神气派头，城市里人的衣裳，都一定使从乡下来的丈夫感到极大的惊讶，有点手足无措。那呆相是女人很容易清楚的。女人到后开了口，或者问："那次五块钱得了么？"或者问："我们那对猪养儿子了没有？"女人说话时口音自然也完全不同了，变成像城市里做太太的大方自由，完全不是在乡下做媳妇的神气了。

听女人问到钱，问到家乡豢养的猪，这做丈夫的看出自己做主人的身份，并不在这船上失去，看出这城里奶奶还不完全忘记乡下，胆子大了一点，慢慢地摸出烟管同火镰。第二次惊讶，是烟管忽然被女人夺去，即刻在那粗而厚大的掌握里，塞了一支哈德门香烟的缘故。吃惊也仍然是暂时的事，于是这做丈夫的，一面吸烟一面谈话……

到了晚上，吃过晚饭，仍然在吸那有新鲜趣味的香烟。来了客，一个船主或一个商人，穿生牛皮长统靴子，抱兜一角露出粗而发亮的银链，喝过一肚子烧酒，摇摇荡荡地上了船。一上船就大声地嚷要亲嘴要睡，那洪大而含糊的声音，那势派，都使这做丈夫的想起了村长同乡绅那些大人物的威风，于是这丈夫不必指点，也就知道怯生生地往后舱钻去，躲到那后梢舱上去低低地喘气，一面把含在口上那支卷烟摘下来，毫无目的地眺望河中暮景。夜把河上改变了，岸上河上已经全是灯火。这丈夫到这时节一定要想起家里的鸡同小猪，仿佛那些小小东西才是自己的朋友，仿佛那些才是亲人，如今与妻接近，与家庭却离得很远，淡淡的寂寞袭上了身，他愿意转去了。

当真转去没有？不。三十里路上有豺狗，有野猫，有查夜的、放哨的团丁，全是不好惹的东西，转去自然做不到。船上的大娘自然还得留他上三元宫看夜戏，到四海春去喝清茶，并且既然到了市上，大街上的灯同城市中的人更不可不去看看。于是留下了，坐到后舱看河中景致，等候大娘的空暇。到后要上岸了，就由小阳桥上扳篷架到船头，玩过后，仍然由那旧地方转到船上，小心小心使声音放轻，省得留在舱里躺到床上烧烟的人发怒。

到要睡觉的时候，城里起了更，西梁山上的更鼓冬冬响了一会，悄悄地从板缝里看看客人还不走，丈夫没有什么话可说，就在梢舱上新棉絮里一个人睡了。半夜里，或者已睡着，或者还在胡思乱想，那媳妇抽空爬过了后舱，问是不是想吃一点糖。本来非常欢喜口含冰糖的脾气，是做媳妇的记得清楚明白，所以即或说已经睡觉，已经吃过，也仍然还是塞了一小片冰糖在口里。媳妇用着略略抱怨自己那种神气走去了，丈夫把冰糖含在口里，正像仅仅为了这一点理由，就得原谅媳妇的行为，尽她在前舱陪客，自己也仍然很和平地睡觉了。

这样的丈夫在黄庄多着，那里出强健女子同忠厚男人。地方实在太穷了，一点点收成照例要被上面的人拿去一大半，手足贴地的乡下人，任你如何勤省耐劳地干做，一年中四分之一时间，即或用红薯叶子拌和糠灰充饥，总还不容易对付下去。地方虽在山中，离大河码头只三十里，由于习惯，女子出乡讨生活，男人明白这做生意的一切利益。他懂事，女子名分上仍然归他，养得儿子归他，有了钱，也总有一部分归他。

那些船排列在河下，一个陌生人，数来数去是永远无法数清的。明白这数目，而且明白那秩序，记忆得出每一个船与摇船人样子，是五区一个老水保。

水保是个独眼睛的人。这独眼就据说在年轻时节因殴斗杀过一个水上恶人，因为杀人，同时也就被人把眼睛抠瞎了。但两只眼睛不能分明的，他一只眼睛却办到了。一个河里都由他管事。他的权力在这些小船上，比一个中国的皇帝、总统在地面上的权力还统一集中。

涨了河水，水保比平时似乎忙多了。由于责任，他得各处去看看。是不是有些船上做父母的上了岸，小孩子在哭奶了。是不是有些船上在吵架，需要排难解纷。是不是有些船因照料无人，有溜去的危险。在今天，这位大爷，并且要到各处去调查一些从岸上发生影响到了水面的事情。岸上这几天来发生三次小抢案，据公安局那方面人说，是凡地上小缝小罅都找寻到了，还是毫无痕迹。地上小缝小罅都亏那些体面的在职人员找过，于是水保的责任便到了。他得了通知，就是那些说谎话的公安局办事处通知，要他到半夜会同水面武装警察上船去搜索“歹人”。

水保得到这个消息时是上半天。一个整白天他要做许多事。他要先尽一些从平日受人款待好酒好肉而来的义务了，于是沿了河岸，从第一号船起始，每个船上去谈谈话。他得先调查一下，问问这船上是不是留容得有不端正的外乡人。

做水保的人照例是水上一霸，凡是属于水面上的事他无有不知。这人本来就是一个吃水上饭的人，是立于法律同官府对面，按照习惯被官吏来利用，处治这水上一切的。但人一上了年纪，世界成天变，变去变来这人有了钱，成过家，喝点酒，生儿育女，生活安舒，这人慢慢地转成一个和平正直的人了。在职务上帮助了官府，在感情上却亲近了船家。在这些情形上面他建设了一个道德的模范。他受人尊敬不下于官，却不让人害怕讨厌。他做了河船上许多妓女的干爹。由于这些社会习惯的联系，他的行为处事是靠在水上人一边的。

他这时正从一个木跳板上跃到一只新油漆过的花船头，那船位置在较清静的一家莲子铺吊脚楼下。他认得这只船归谁管，一上船就喊“七丫头”。

没有声音。年轻的女人不见出来，年老的掌班也不见出来。老年人很懂事情，以为或者是大白天有年轻男子上船做呆事，就站在船头眺望，等了一会。

过一阵他又喊了两声，又喊伯妈，喊五多。五多是船上的小毛头，年纪十二岁，人很瘦，声音尖锐，平时大人上了岸就守船，买东西煮饭，常常挨打，爱哭，过一会儿又唱起小调来。但是喊过五多后，也仍然得不到结果。因为听到舱里又似乎实在有声音，像人出气，不像全上了岸，也不像全在做梦。水保就钩身窥觑舱口，向暗处询问是谁在里面。

里面还是不作答。

水保有点生气了，大声地问："你是哪一个？"

里面一个很生疏的男子声音，又虚又怯回答说："是我。"接着又说，"都上岸去了。"

"都上岸了么？"

"上岸了。她们……"

好像单单是这样答应，还深恐开罪了来人，这时觉得有一点义务要尽了，这男子于是从暗处爬出来，在舱口，小心小心扳到篷架，非常拘束地望到来人。

先是望到那一对峨然巍然似乎是为柿油涂过的猪皮靴子，上去一点是一个赭色柔软麂皮抱兜，再上去是一双回环抱着的毛手，满是青筋黄毛，手上有颗奇大无比的黄金戒指，再上去才是一块正四方形像是无数橘子皮拼合而成的脸膛。这男子，明白这是有身份的主顾了，就学到城市里人说话，说："大爷，您请里面坐坐，她们就回来。"

从那说话的声音，以及干浆衣服的风味上，这水保一望就明白这个人是才从乡下来的种田人。本来女人不在就想走，但年轻人忽然使他发生了兴味，他留着了。

"你从什么地方来的？"他问他，为了不使人拘束，水保取的是做父亲的和平样子，望到这年轻人。“我认不得你。”

他想了一下，好像也并不认得客人，就回答：“我昨天来的。”

“乡下麦子抽穗了没有？”

“麦子吗？水碾子前我们那麦子，哈，我们那猪，哈，我们那……”

这个人，像是忽然明白了答非所问，记起了自己是同一个有身份的城里人说话，不应当说“我们”，不应当说我们“水碾子”同“猪”，把字眼用错，所以再也接不下去了。

因为不说话，他就怯怯地望到水保笑，他要人了解他，原谅他——他是个正派人，并不敢有意张三拿四。

水保是懂这个意思的。且在这对话中，明白这是船上人的亲戚了，他问年轻人：“老七到什么地方去了，什么时候可以回来？”

这时节，这年轻人答语小心了。他仍然说：“是昨天来的。”他又告水保，他“昨天晚上来的”。末了才说，老七同掌班、五多上岸烧香去了，要他守船。因为守船必得把守船身份说出，他还告给了水保，他是老七的“汉子”。

因为老七平常喊水保都喊干爹，这干爹第一次认识了女婿，不必挽留，再说了几句，不到一会儿，两人皆爬进舱中了。

舱中有个小小床铺，床上有锦绸同红色印花洋布铺盖，折叠得整整齐齐。来客照规矩应当坐在床沿。光线从舱口来，所以在外面以为舱中极黑，在里面却一切分明。

年轻人为客找烟卷，找自来火，毛脚毛手打翻了身边一个贮栗子的小坛子，圆而发乌金光泽的板栗在薄明的船舱里各处滚去，年轻人各处用手去捕捉，仍然放到小坛中去，也不知道应当请客人吃点东西。但客人却毫不客气，从舱板上把栗拾起咬破了吃，且说这风干的栗子真好。

“这个很好，你不欢喜么？”因为水保见到主人并不剥栗子吃。

“我欢喜。这是我屋后栗树上长的。去年结了好多，乖乖地从刺球里爆出来，我欢喜。”他笑了，近于提到自己儿子模样，很高兴说这个话。

“这样大栗子不容易得到。”

“我一个一个选出来的。”

“你选？”

“是的，因为老七欢喜吃这个，我才留下来。”

“你们那里可有猴栗？”

“什么猴栗？”

水保就把故事所说的“猴子在大山上住，被人辱骂时，抛下拳大栗子打人。人想这栗子，就故意去山下骂丑话，预备捡栗子”一一说给乡下人听。

因为栗子，正苦无话可说的年轻人，得到同情他的人了。他就告水保另外属于栗子的种种事情。他知道的乡下问题可多咧。于是他说到地名“栗坳”的新闻。又说到一种栗木做成的犁具如何结实合用。这人是太需要说到这些了。昨天来一晚上都有客人吃酒、烧烟，把自己关闭在小船后梢，同五多说话，五多睡得成死猪。今天一早上，本来应当有机会同媳妇谈到乡下事情了，女人又说要上岸过七里桥烧香，派他一个人守船。坐到船上等了半天，还不见人回，到后梢去看河上景致，一切新奇不同，全只给自己发闷。先一时，正睡在舱里，就想这满江大水若到乡下涨，鱼梁上不知道应当有多少鲤鱼上梁！把鱼捉来时，用柳条穿鳃到太阳下去晒，正计算到那数目，总算不清楚。忽然客人来到船上，似乎一切鱼都争着跳进水中去了。

来了客人，且在神气上看出来是并不拒绝这些谈话的，所以这年轻人，凡是预备到同自己媳妇在枕边诉说的各样事情，这时得到了一个好机会，都拿来同水保谈了。

他告给水保许多乡下情形，说到小猪捣乱的脾气，叫小猪名字是“乖乖”，又说到新由石匠整治过的那副石磨，顺便告给了一个石匠的笑话。又说到一把失去了多久的镰刀，一把水保梦想不到的小镰刀，他说：

“你瞧，奇怪不奇怪？我赌咒我各处都找到了。我们的床下，门枋上，仓角里，什么不找到？它躲了。躲猫猫一样，不见了。我为这件事骂过老七。老七哭过。可还是不见。鬼打岩，蒙蒙眼，原来它躲在屋梁上饭箩里！半年躲在饭箩里！它吃饭！一身锈得像生疮。这东西多狡猾！我说这个你明白我没有？怎么会到饭箩里半年？那是一只做样子的东西，挂到斗窗上。我记起那事了，是我削楔子，手上刮了皮，流了血，生了大气，赌气把刀一丢。……到水上磨了半天，还不错，仍然能吃肉，你一不小心，就得流血。我还不曾同老七说到这个，她不会忘记那哭得伤心的一回事。找到了，哈哈，真找到了。”

“找到它就好了。”

“是的，得到了它那是好的。因为我总疑心这东西是老七掉到溪里，不好意思说明。我知道她不骗我了。我明白了。我知道她受了冤屈，因为我说过：‘找不出么？那我就要打人！’我并不曾动过手。可是生气时也真吓人。她哭了半夜！”

“你不是用得着它割草么？”

“嗨，哪里，用处多咧。是小镰刀，那么精巧，你怎么说是割草？那是削一点薯皮，刮刮箫：这些这些用的。小得很，值三百钱，钢火妙极了。我们都应当有这样一把刀放到身边，不明白么？”

水保说：“明白明白，都应当有一把，我懂你这个话。”

他以为水保当真是懂的，什么也说到了，甚至于希望明年来一个小宝宝，这样只合宜于同自己的媳妇睡到一个枕头上商量的话也说到了。年轻人毫无拘束的还加上许多粗话、蠢话。说了半天，水保起身要走了，他才记起问客人贵姓。

“大爷，您贵姓？留一个片子到这里，我好回话。”

“不用不用。你只告她有这么一个大个儿到过船上，穿这样大靴子。告她晚上不要接客，我要来。”

“不要接客，您要来？”

“就是这样说，我一定要来的。我还要请你喝酒。我们是朋友。”

“我们是朋友，是朋友。”

水保用他那大而肥厚的手掌，拍了一下年轻人的肩膊，从船头上岸，走到别一个船上去了。

在水保走后，年轻人就一面等候一面猜想这个大汉子是谁。他还是第一次同这样尊贵的人物谈话。他不会忘记这很好的印象的。人家今天不仅是同他谈话，还喊他做朋友，答应请他喝酒！他猜想这人一定是老七的“熟客”。他猜想老七一定得了这人许多钱。他忽然觉得愉快，感到要唱一个歌了，就轻轻地唱了一首山歌。用四溪人体裁，他唱的是“水涨了，鲤鱼上梁，大的有大草鞋那么大，小的有小草鞋那么小。”

但是等了一会还不见老七回来，一个鬼也不回来，他又想起那大汉子的风采言谈了。他记起那一双靴子，闪闪发光，以为不是极好的山柿油涂到上面，是不会如此体面好看的。他记起那黄而发沉的戒指，说不分明那将值多少钱，一点不明白那宝贝为什么如此可爱。他记起那伟人点头同发言，一个督抚的派头，一个军长的身份——这是老七的财神！他于是又唱了一首歌。用杨村人不庄重口吻，唱的是：“山坳的团总烧炭，山脚的地保爬灰；爬灰红薯才肥，烧炭脸庞发黑。”

到午时，各处船上都已有人烧饭了。湿柴烧不燃，烟子各处窜，使人流泪打嚏，柴烟平铺到水面时如薄绸。听到河街馆子里大师傅用铲子敲打锅边的声音，听到邻船上白菜落锅的声音，老七还不见回来。可是船上烧湿柴的本领年轻人还没有学到，小网灶总是冷冷的不发吼。做了半天还是无结果，只有把它放下一个办法了。

应当吃饭时候不得饭吃，人饿了，坐到小凳上敲打舱板，他仍然得想一点事情。一个不安分的估计在心上滋长了。正似乎为装满了钱钞便极其骄傲模样的抱兜，在他眼下再现时，把原有的和平已失去了。一个用酒糟同红血所捏成的橘皮红色四方脸，也是极其讨厌的神气，保留到印象上。并且，要记忆有什么用？他记忆得到那嘱咐，是当到一个丈夫面前说的！“今晚上不要接客，我要来。”该死的话，是那么不客气的从那吃红薯的大口里说出！为什么要说这个？有什么理由要说这个？……

胡想使他心上增加了愤怒，饥饿重复揪着了这愤怒的心，便有一些原始人就不缺少的情绪，在这个年轻简单的人情绪中长大不已。

他不能再唱一首歌了。喉咙为忌妒所扼，唱不出什么歌。他不能再有什么快乐。按照一个种田人的脾气，他想到明天就要回家。

有了脾气再来烧火，自然更不行了，于是把所有的柴全丢到河里去了。

“雷打你这柴！要你到洋里海里去！”

但那柴是在两三丈以外，便被别个船上的人捞起了的。那船上人似乎一切都准备好了，正等待一点从河面漂流而来的湿柴，把柴捞上，即刻就见到用废缆一段引火，且即刻满船发烟，火就带着小小爆裂声音燃好了。看到这一切，新的愤怒使年轻人感到羞辱，他想不必等待人回船就要走路。

在街尾遇到女人同小毛头、五多两个人，正牵了手说着笑着走来。五多手上拿得有一把胡琴，崭新的样子，这是做梦也不曾遇到的一件家伙！

“你走哪里去？”

“我——要回去。”

“要你看船船也不看，要回去。什么人得罪了你，这样小气？”

“我要回去，你让我回去。”

“回到船上去！”

看看媳妇，样子比说话还硬劲。并且看到那一张胡琴，明知道这是特别买来给他的，所以再不能坚持，摸了摸自己发烧的额角，幽幽地说，“回去也好，回去也好”，就跟了媳妇的身后跑转船上。

掌班大娘也赶来了，原来提了一副猪肺，好像东西只是乘便偷来的，深恐被人追上带到衙门里去。所以跑得颧骨发了红，喘气不止。大娘一上船，女人在舱中就喊：

“大娘，你瞧，我家汉子想走！”

“谁说的，戏都不看就走！”

“我们到街口碰到他，他生气样子，一定是怪我们不早回来。”

“那是我的错；是菩萨的错；是屠户的错。我不该同屠户为一个钱吵闹半天，屠户不该肺里灌这样多水。”

“是我的错。”陪男子在舱里的女人，这样说了一句话，坐下了。对面是男子汉。她于是有意地在把衣服解换时，露出极风情的红绫胸褡。胸褡上绣了“鸳鸯戏荷”。

男子觑着，不说话。有说不出的什么东西，在血里窜着涌着。

在后梢，听到大娘同五多谈着柴米。

“怎么我们的柴都被谁偷去了！”

“米是谁淘好的？”

“一定是火烧不燃……姐夫是乡下人，只会烧松香。”

“我们不是昨天才解散一捆柴么？”

“都完了。”

“去前面搬一捆，不要说了。”

“姐夫只知道淘米！”

听到这些话的年轻汉子，一句话不说，静静地坐在舱里，望到那一把新买来的胡琴。

女人说：“弦都配好了，试拉拉看。”

先是不作声，到后把琴搁在膝上，查看松香。调琴时，生疏的音从指间流出，拉琴人便快乐地微笑了。

不到一会，满舱是烟，男子被女人喊出去，仍然把琴拿到外面去，站在船头调弦。

到后吃中饭时，五多说：

“姐夫，你回头拉《孟姜女哭长城》，我唱。”

“我不会拉。”

“我听说你拉得很好，你骗我谎我。”

“我不骗你。”

大娘说：“我听老七说你拉得好，所以到庙里，一见这琴，我就想起你才说就为姐夫买回去吧。是运气，烂贱就买来了。这到乡里一块钱还恐怕买不到，不是么？”

“是的。值多少钱？”

“一吊六。他们都说值得！”

五多说：“谁说值得？”

大娘很生气地说：“毛丫头，谁说不值得？你知道什么！撕你的嘴！”

因为这琴是从一个卖琴熟人手上拿来，一个钱不花，听到大娘的谎话，五多分辩，大娘就骂五多，老七却笑了。男子以为这是笑大娘不懂事，所以也在一旁干笑。

男子先把饭吃完，就动手拉琴，新琴声音又清又亮，五多高兴到得意忘形，放下碗筷唱将起来，被大娘结结实实打了一筷子头，才忙着吃饭、收碗、洗锅子。

到了晚上，前舱盖了篷，男子拉琴，五多唱歌，老七也唱歌，美孚灯罩子有红纸剪成的遮光帽，全舱灯光红红的如办大喜事，年轻人在热闹中像过年，心上开了花。可是过不久，有兵士从河街过身，喝得烂醉，听到这声音了。

两个醉鬼踉踉跄跄到了船边，两手全是污泥，用手扳船，口含胡桃那么混混胡胡地嚷叫：

“什么人唱，报上名来！唱得好，赏一个五百。不听到么？老子赏你五百！”

里面琴声戛然而止，沉静了。

醉鬼用脚不住踢船，蓬蓬蓬发出钝而沉闷的声音，且想推篷，搜索不到篷盖接榫处，于是又叫嚷，“不要赏么，婊子狗造的？装聋，装哑？什么人敢在这里作乐？我怕谁？皇帝我也不怕。大爷我怕皇帝我不是人！我们军长、师长，都是混账王八蛋！是皮蛋、鸡蛋，寡了的臭蛋！我才不怕。”

另一个喉咙发沙地说道：

“骚婊子？出来拖老子上船！”

且即刻听到用石头打船篷，大声地辱骂祖宗。一船人都吓慌了。大娘忙把灯扭小一点，走出去推篷，男子听到那汹汹声气，夹了胡琴就往后舱钻去。不一会，醉人已经进到前舱了。两个人一面说着野话一面要争到同老七亲嘴，同大娘、五多亲嘴。且听到问：“在此唱歌作乐，把拉琴的抓来再给老子唱一个歌。”

大娘不敢作声，老七也无主意了，两个酒疯子就大声地骂人。

“臭货，喊龟子出来，跟老子拉琴，赏一千！英雄盖世的曹孟德也不会这样大方！我赏一千，一千个红薯，快来，不出来我烧掉你们这只船！听着没有，老东西！？赶快，莫让老子们生了气，灯笼子[①]认不得人？”

---

① 灯笼子：子弹的暗语。

“大爷，这是我们自己家几个人玩玩，不是外人……”

“不！不！不！老婊子，你不中吃。你老了，皱皮柑！快叫拉琴的来！杂种！我要拉琴，我要自己唱！”一面说一面便站起身来，想向后舱去搜寻。大娘弄慌了，把口张大合不拢去。老七急中生智，拖着那醉鬼的手，安置到自己的大奶上。醉人懂到这意思，又坐下了。“好的，妙的，老子出得起钱，老子今天晚上要到这里睡觉！孤王酒醉在桃花宫，韩素梅生来好貌容[①]……”

这一个在老七左边躺下去后，另一个不说什么，也在右边躺了下去。

年轻人听到前舱仿佛安静了一会，在隔壁轻轻地喊大娘。正感到一种侮辱的大娘，悄悄爬过去，男子还不大分明是什么事情，问大娘：

“什么事情？”

“营上的副爷，醉了，像猫，等一会儿就得走。”

“要走才行。我忘记告你们了，今天有一个大方脸人来，好

---

① 孤王酒醉在桃花宫，韩素梅生来好貌容：一九三〇年在《小说月报》上发表时本无此二句，这是一九五七年校改时加上的。这是刘鸿声唱的京剧《斩黄袍》里的唱词。湖南地方戏（湘剧、花鼓戏）有没有《斩黄袍》这出戏、戏里有没有“孤王酒醉在桃花宫”这样的唱词，待考。不过刘鸿声的《斩黄袍》当时唱得很红，全国各地爱哼哼京剧的人都会唱这两句，那两个喝醉了的兵痞子唱这两句风行一时的京剧，是有可能的。沈先生在北京住了很久，正是刘鸿声大红的时候，街头巷尾听熟了这两句《斩黄袍》，以致写进小说，也是可能的，正如同鲁迅把“先帝爷白帝城盯咛就”（《空城计》唱词）写进小说里一样。

像大官，吩咐过我，他晚上要来，不许留客。”

“是脚上穿大皮靴子，说话像打锣么？”

“是的，是的。他手上还有一个大金戒指。”

“那是老七干爹。他今早上来过了么？”

“来过的。他说了半天话才走，吃过些干栗子。”

“他说些什么？”

“他说一定要来，一定莫留客，……还说一定要请我喝酒。”

大娘想想，来做什么？难道是水保自己要来歇夜？难道是老对老，水保注意到……想不通，一个老鸨虽一切丑事做成习惯，什么也不至于红脸，但被人说到“不中吃”时，是多少感到一种羞辱的。她悄悄地回到前舱，看前舱新事情不成样子，扁了扁瘪嘴，骂了一声猪狗，终归又转到后舱来了。

“怎么？”

“不怎么。”

“怎么，他们走了？”

“不怎么，他们睡了。”

“睡了？”

大娘虽不看清楚这时男子的脸色，但她很懂这语气，就说：“姐夫，你难得上城来，我们可以上岸玩去。今夜三元宫夜戏，我请你坐高台子，是‘秋胡三戏结发妻’。”

男子摇头不语。

兵士胡闹一阵走后，五多、大娘、老七都在前舱灯光下说笑，说那兵士的醉态。男子留在后舱不出来。大娘到门边喊过了两次，不答应，不明白这脾气从什么地方发生。大娘回头就来检查那四张票子的花纹，因为她已经认得出票子的真假了。票子倒是真的，她在灯光下指点给老七看那些记号，那些花，且放到鼻子上嗅嗅，说这个一定是清真馆子里找出来的，因为有牛油味道。

五多第二次又走过去，"姐夫，姐夫，他们走了，我们来把那个唱完，我们还得……"

女人老七像是想到了什么心事，拉着了五多，不许她说话。

一切沉默了。男子在后舱先还是正用手指扣琴弦，作小小声音，这时手也离开那弦索了。

三个女人都听到从河街上飘来的锣鼓唢呐声音，河街上一个做生意人办喜事，客来贺喜，大唱堂戏，一定有一整夜热闹。

过了一会，老七一个人轻脚轻手爬到后舱去，但即刻又回来了。

大娘问："怎么了？"

老七摇摇头，叹了一口气。

先以为水保恐怕不会来的，所以大家仍然睡了觉，大娘、老七、五多三个人在前舱，只把男子放到后面。

查船的在半夜时，由水保领来了，水面鸦雀无声，四个全副武装警察守在船头，水保同巡官晃着手电筒进到前舱。这时大娘已把灯捻明了，她经验多，懂得这不是大事情。老七披了衣坐在床上，喊干爹，喊巡官老爷，要五多倒茶。五多还睡意迷蒙，只想到梦里在乡下摘三月莓。

男子被大娘摇醒揪出来，看到水保，看到一个穿黑制服的大人物，吓得不能说话，不晓得有什么严重事情发生。

那巡官装成很有威风的神气开了口："这是什么人？"

水保代为答应："老七的汉子，才从乡下来走亲戚。"

老七说道："老爷，他昨天才来的。"

巡官看了一会儿男子，又看了一会儿女人，仿佛看出水保的话不是谎话，就不再说话了，随意在前舱各处翻翻。待注意到那个贮风干栗子的小坛子时，水保便抓了一大把栗子塞到巡官那件体面制服的大口袋里去，巡官只是笑，也不说什么。

一伙人一会儿就走到另一船上去了。大娘刚要盖篷，一个警察回来传话：

"大娘，你告老七，巡官要回来过细考察她一下，你懂不懂？"

大娘说："就来么？"

"查完夜就来。"

"当真吗？"

"我什么时候同你这老婊子说过谎？"

大娘很欢喜的样子，使男子很奇怪，因为他不明白为什么巡官还要回来考察老七。但这时节望到老七睡起的样子，上半晚的气已经没有了，他愿意讲和，愿意同她在床上说点家常私话，商量件事情，就傍床沿坐定不动。

大娘像是明白男子的心事，明白男子的欲望，也明白他不懂事，故只同老七打知会："巡官就要来的！"

老七咬着嘴唇不作声，半天发痴。

男子一早起来就要走路，沉默的一句话不说，端整了自己的草鞋，找到了自己的烟袋。一切归一[①]了，就坐到那矮床边沿，像是有话说又说不出口。

老七问他："你不是昨晚上答应过干爹，今天到他家中吃中饭吗？"

"……"摇摇头，不作答。

"人家特意为你办了酒席，好意思不领情？"

"……"

"戏也不看看么？"

"……"

"满天红的荤油包子，到半日才上笼，那是你欢喜的包子。"

"……"

一定要走了，老七很为难，走出船头呆了一会，回身从荷包里掏出昨晚上那兵士给的票子来，点了一下数，一共四张，捏成一把塞到男子左手心里去。男子无话说，老七似乎懂到那意思了，"大娘，你拿那三张也把我。"大娘将钱取出，老七又把这钱塞到男子右手心里去。

男子摇摇头，把票子撒到地下去，两只大而粗的手掌捣着

① 归一：一切准备妥当，叫做"归一"，西南诸省都有此说法。

脸孔，像小孩子那样莫名其妙地哭了起来。

五多同大娘看情形不好，一齐逃到后舱去了。五多心想这真是怪事，那么大的人会哭，好笑。可是她并不笑。她站在船后梢舵看见挂在梢舱顶梁上的胡琴，很愿意唱一个歌，可是不知为什么也总唱不出声音来。

水保来船上请远客吃酒，只有大娘同五多在船上。问到时，才明白两夫妇一早都回转乡下去了。

一九三〇年四月作于吴淞

【赏析】

这些丈夫逢年过节有时会从乡下来到城里，见见自己的媳妇，好像走一趟远亲。

有一个丈夫（不知道他叫什么名字）从乡下来看他的媳妇，媳妇名叫老七。

丈夫在船上只住了两天，可是在这两天内，一个乡下男人的感情历程是复杂的。

夫妻的感情是和睦的，也不缺少疼爱。见了面，老七就问起“那次五块钱得么？”“我们那对猪养儿子了没有？”这一类的家常话。丈夫特为选了一坛特大的栗子送来，因为老七爱吃这个。丈夫有口含冰糖睡觉的习惯，老七在接客过程中还悄悄爬进丈夫睡觉的后舱，在他嘴里塞一片冰糖……

但是丈夫对这样的生活很不习惯。

首先是媳妇变了样：大而油光的发髻，用小镊子扯成的细细眉毛，脸上的白粉同绯红的胭脂，以及那城市里人神气派头，城市里人的衣裳，都一定使从乡下来的丈夫感到极大的惊讶，有点手足无措。

晚上，来了客（嫖客），喝过一肚子烧酒，摇摇荡荡地上了船。一上船就大声地嚷，要亲嘴要睡。于是这丈夫不必指点，也就知道怯生生地往后舱钻去，躲在那后梢舱上去低低地喘气。

来了一个大汉，是“水保”，老七的干爹。这水保对丈夫发生了兴趣，和他东拉西扯地扯了许多闲话。这水保和气得很，但是临行时却叫他告诉老七：“告她晚上不要接客，我要来。”

“他记忆得到那嘱咐，是当到一个丈夫面前说的！”该死的话，是当到一个丈夫面前说的！

两个喝得烂醉的兵上了船，大呼小叫撒酒疯，连领班的大娘也没有办法。老七急中生智，拖着醉兵的手，安置到自己的大奶上。醉鬼这才安静了下来。

半夜里，水保领着四个武装警察来查船（他们是来查“歹人”的）。查完了，一个警察回来传话：“你告老七，巡官要回来过细考察她一下。”

丈夫不明白：为什么巡官还要回来考察老七。

丈夫是年轻强健的男人，当然会有性的欲望。

老七有意在把衣服解换时，露出极风情的红绫胸褡。老七也真不好，你干嘛逗丈夫的“火”！

丈夫愿意同老七在床上说点家常私话，商量件事情，就傍床沿坐定不动。

大娘像是明白男子的心事，明白男子的欲望，也明白他不懂事，故只同老七打知会：“巡官就要来的！”

老七咬着嘴唇不作声，半天发痴。

男子一早起就要走路。“干爹”家的酒席也不想去吃，夜戏也不想看，满天红的荤油包子也不想吃。

一定要走了，老七很为难，走出船头呆了一会，回身从荷包里掏出昨晚上那兵士给的票子，又向大娘要了三张，塞到男子手心里去。

男子摇摇头，把票子撒到地上去，像小孩子那样莫名其妙地哭起来。

这个丈夫为什么要哭？他这两天受了很大的屈辱，他的感情受了极其严重的伤害。他是个男人，是个丈夫，是个人。他有他的尊严，他的爱。有的评论家说：这篇小说写的是人性的回归，可以同意。

这篇小说的结尾非常简单：

“水保来船上请远客吃酒，只有大娘同五多在船上。问到时，才明白两夫妇一早都回转乡下去了。”一个非常耐人寻味的结尾。

贵　生

【题解】

这篇小说写的是命运。

贵生是一个单身汉子，以砍柴割草为生，活得很硬朗自重。他常去城里卖柴卖草，就把钱换点应用东西。他买了猪头挂在柴灶上熏干。半夜里点了火把，用镰刀砍了十几条大鲤鱼，也揉了盐风得干干的。正像俗话说的“两手一肩，快乐神仙”。

桥头有一个姓杜的浦市人开的小杂货铺。杂货铺的地点很好。门外有三棵大青树，夏天特别凉快。冬天在亭子里烧了树根和油枯饼，火光熊熊，引得过路人一边买东西，一边就火边抽烟谈话，杜老板人缘很好。

贵生常到小铺里来坐坐，和铺子里大小都合得来。杜老板有个女儿名叫金凤。贵生对金凤很好。山上多的是野生瓜果，栗子、榛子不出奇，三月里给她摘大莓，八九月还有本地特有的，样子像干海参，瓤白如玉如雪的八月瓜，尤其逗那女孩子喜欢。

杜老板有心把金凤许给贵生，招婿上门，影影绰绰，旁敲侧击地和贵生提过。贵生知道杜老板是在装套子捉女婿，但是拿不定主意是不是往套子里钻。贵生有点迷信：女的脸儿红中带白，眉毛长，眼角向上飞，是个“克”相，不克别人得克自己，到十八岁才过关。金凤今年满十六岁，贵生往后退了一步，决定暂时不上套。

但是他又想，一切风总不会老向南吹，不定什么时候杜老板改变主意，也说不定一个贩运黄牛、水银的贵州客人会把金凤拐走，这件事还得热米打粑粑，得快。贵生上街办了一点货，准备接亲。

这一带二里之内的山头都归张家管业。山上种着桐子树。张家非常有钱，两弟兄——四老爷、五老爷都极其荒唐。四爷好嫖，把一个实缺旅长都嫖掉了。五爷好赌，一夜能输几百上千大洋。四爷劝五爷，不能这样老输，劝他弄一个“原汤货”冲一冲晦气。

桐子熟了，四爷、五爷带着长工伙计上山打桐子。

回来的时候路过杜家铺子，进去坐坐，四爷一眼看见金凤，对五爷说：“眉毛长，眼睛光，一只画眉鸟，打雀儿！”

五爷要娶金凤做小。

贵生听到别人议论，好像挨了一闷棍。

他问杜老板：“听说你家有喜事，是真的吧？”

他去找金凤，金凤正在桥下洗衣。他见金凤已经除了孝（她原来戴着娘的孝），乌光的大辫子上插了一朵小红花。一切都完了。

半夜里，忽然围子里的狗都狂叫起来，天边一片红，着火了。有人急忙到围子里来报信：桥头杂货铺烧了，贵生的房子也走了水。一把火两处烧，十分蹊跷。

鸭毛伯伯心里有点明白：火是贵生放的。

贵生一肚子怨气，他只有用这活办法来泄愤。

鸭毛回头见金凤哭着，心里说："丫头，做小老婆不开心？回去一索子吊死了吧，哭什么！"

鸭毛对金凤的责备有欠公平。金凤曾经对贵生说过："什么四老爷、五老爷，有钱就是大王，糟蹋人，不当数……"她今天就被糟蹋了！这事大概是老子做的主，但从辫子上的那朵小红花，可以想见她是点了头的。你叫她有什么办法呢？一只眉毛长、眼睛光的画眉鸟，在这二里内，是逃不出老爷的手心的！

【文本】

贵生在溪沟边磨他那把镰刀，锋口磨得亮堂堂的。手试一试刀锋后，又向水里随意砍了几下。秋天来溪水清个透亮，活活的流，许多小虾子脚攀着一根草，在水里游荡，有时又躬着个身子一弹，远远地弹去，好像很快乐。贵生看到这个也很快乐。天气极好，正是城市里风雅人所说"秋高气爽"的季节，贵生的镰刀如用得其法，就可以过一个有鱼有肉的好冬天。秋天来，遍山土坎上芭茅草开着白花，在微风里轻轻地摇，都仿佛向人招手似的说："来，割我，乘天气好磨快了你的刀，快来割我，挑进城里去，捌百钱担，换半斤盐好，换一斤肉也好，随你的意！"贵生知道这些好处。并且知道五担草就能够换个猪头，揉四两盐腌起来，那对猪耳朵，也够下酒两三次！一个月前打谷子时，各家田里放水，人人用鸡笼在田里罩肥鲤鱼，贵生却磨快了他的镰刀，点上火把，半夜里一个人在溪沟里砍了十来条大鲤鱼，全用盐揉了，挂在灶头用柴烟熏得干干的。现在磨刀，就准备割草，挑上城去换年货。正像俗话说的：两手一肩，快乐神仙。村子里住的人，因几年来城里东西样样贵，生活已大不如从前，可是一个单身汉子，年富力强，遇事肯动手，又不胡来乱为，过日子总还容易。

贵生住的地方离大城廿里，离张五老爷围子两里。五老爷是当地财主，近边山坡田地大部分归五老爷管业，所以做田种地的人都与五老爷有点关系。五老爷要贵生做长工，贵生以为做长工不是住围子就得守山，行动受管束，大不愿意。自己用镰刀砍竹子，剥树皮，搬石头，在一个小土坡下，去溪水不远处，借五老爷土地砌了一栋小房子，帮五老爷看守两个种桐子的山坡，作为借地住家的交换。住下来他砍柴割草为生。春秋二季农事当忙时，有人要短工帮忙，他邻近五里无处不去帮忙（食量抵两个人，气力也抵两个人）。逢年过节村子里头行人捐钱扎龙灯上城去比赛，他必在龙头前斗宝，把个红布绣球舞得一团火似的，受人喝彩。春秋二季答谢土地，村中人合伙唱戏，他扮王大娘补缸的补缸匠[①]，卖柴耙的程咬

① 王大娘补缸的补缸匠：《锯大缸》是一出武打神怪戏。旱魃化为王大娘，取死人噎食罐化为黄磁缸，用以抵御雷劫。后为巨灵神撞裂。王大娘找人补缸。观音乃遣土地幻化为补缸匠人，假作修锯，故意将王大娘的缸打破。

金[①]。他欢喜喝一杯酒，可不同人酗酒打架。他会下盘棋，可不像许多人那样变棋迷。间或也说句笑话，可从不口角伤人。为人稍微有点子憨劲，可不至于傻相。虽是个干穷人，可穷得极硬朗自重。有时到围子里去，五老爷送他一件衣服，一条裤子，或半斤盐，他心中不安，必在另外一时带点东西去补偿。他常常进城去卖柴卖草，就把钱换点应用东西。城里尚有个五十岁的老舅舅，给大户人家作厨子，不常往来，两人倒很要好。进城看望舅舅时，他照例带点礼物，不是一袋胡桃，一袋栗子，就是一只山上装套捕住的黄鼠狼，或是一只野鸡。到城里有时住在舅舅处，那舅舅晚上无事，必带他上河沿天后宫去看夜戏，宵夜时还请他吃一碗牛肉面。

在乡下，远近几里村子上的人，都和他相熟，都欢喜他。他却乐意到离住处不远桥头一个小生意人铺子里去。那开杂货铺的老板是沅水中游浦市人，本来飘乡做生意，每月一次，挑货物各个村子里去和乡下人讲买卖，吃的用的全卖。到后来看中了那个桥头，知道官路上往来人多，与其从城里打了货四乡跑，还不如在桥头安个家。一面做各乡生意，一面搭个亭子给过路人歇脚，就近做过路人买卖。因此就在桥头安了家。住处一定，把老婆和一个十三岁的小女孩也接来了。浦市人本来为人和气，加之几年来与附近各村子各大围子都有往来，如今来

① 卖柴耙的程咬金：故事见《隋唐演义》。程咬金没有发迹的时候，曾靠卖柴耙（此字正写应作“筢”）为生，此剧即演此事。

在桥头开铺子，生意发达是很自然的。那老婆照浦市人中年妇女打扮，头上长年裹一块长长的黑色绉绸手，把眉毛拔得细细的。一张口甜甜的，见男的必称大哥，女的称嫂子，待人特别殷勤。因此不到半年，桥头铺子不特成为乡下人买东西地方，并且也成为乡下人谈天歇息地方了。夏天桥头有三株大青树，特别凉爽。冬天铺子里土地上烧的是大树根和油枯饼[①]，火光熊熊——真可谓无往不宜。

贵生和铺子里人大小都合得来，手脚又勤快，几年来，那杂货铺老板娘待他很好，他对那个女儿也很好。山上多的是野生瓜果，栗子、榛子不出奇，三月里他给她摘大莓，六月里送她地枇杷，八九月里还有本地特有的，样子像干海参，瓤白如玉如雪的八月瓜，尤其逗那女孩子欢喜。女孩子名叫金凤。那老板娘一年前因为回浦市去吃喜酒，害蛇钻心病死掉了，杂货铺充补了个毛伙，全身无毛病，只因为性情活跳，取名叫作癞子。

贵生不知为什么总不大欢喜那癞子，两人谈话常常顶板，癞子却老是对他嘻嘻笑。贵生说："癞子，你若在城里，你是流氓；你若在书上，你是奸臣。"癞子还对他笑。贵生不欢喜癞子，那原因谁也不明白，杂货铺老板倒知道，因为贵生怕癞子招郎上门，从帮手改成驸马。

贵生其时正在溪水边想癞子会不会做"卖油郎"，围子里有

① 油枯饼：油料植物的籽实，经榨油后剩下的残渣，一般成饼状。

人搭口信来，说五爷下乡了，要贵生去看看南山桐子熟了没有。看过后去围子里回话。

贵生听了信，即刻去山上看桐子。

贵生上了山，山上泥土松松的，树根蓬草间，到处有秋虫鸣叫。一下脚，大而黑的油蛐蛐，小头尖尾的金铃子各处乱蹦。几个山头看了一下，只见每株树枝都被饱满坚实的桐木果压得弯弯的，好些已落了地，山脚草里到处都是。因为一个土塍[①]上有一片长藤，上面结了许多颜色乌黑的东西，一群山喜鹊喳喳地叫着，知道八月瓜已成熟了，赶忙跑过去。山喜鹊见人来就飞散了。贵生把藤上八月瓜全摘下来，装了半斗笠，预备带回去给桥头金凤吃。

贵生看过桐子，回到家里，晚半天天还早，就往围子去禀告五爷。

到围子时，见院里搁了一顶轿子，几个脚夫正闭着眼蹲在石碌礴上吸旱烟管。贵生一看知道城里另外来了人，转身往仓房去找鸭毛伯伯。鸭毛伯伯是五老爷围子里老长工，每天坐在仓房边打草鞋。仓房不见人，又转往厨房去，才见着鸭毛伯伯正在小桌边同几个城里来的年轻伙子坐席，用大提子从黑色瓮缸里舀取烧酒，煎干鱼下酒。见贵生来就邀他坐下，参加他们的吃喝。原来新到围子的是四爷，刚从河南任上回城，赶来看五爷，过几天又得往河南去。几个人正谈到五爷和四爷在任上

① 塍：田地间较宽的路界，这是湖南特有的说法。

的种种有趣故事。

一个从城里来的小秃头，老军务神气，一面笑一面说：

“人说我们四老爷实缺骑兵旅长是他自己玩掉的。一个人爱玩，衣禄上有一笔账目，不玩见阎王销不了账，死后来生还是玩。上年军队扎在汝南地方，一个月他玩了八个，把那地方尖子货全用过了，还说：‘这是什么鬼地方，女人都是尿脬做成的，要不得。一身白得像灰面，松塌塌的，一点儿无意思，还装模作态，这样那样。’你猜猜花多少钱。四十块一夜，除王八外快不算数。你说，年轻人出外胡闹不得，我问你，我们哥子们想胡闹，成不成？一个月七块六，伙食三块三除外还剩多少？不剃头，不洗衣，留下钱来一年还不够玩一次，我的伯伯，你就让我胡闹我从哪里闹起！”

另一高个儿将爷说：

“五爷人倒好，这门路不像四爷乱花钱。玩也玩得有分寸，一百八十随手撒，总还定个数目。”

鸭毛伯伯说：

“牛肉炒韭菜，各人心里爱。我们五爷花姑娘弄不了他的钱，花骨头可迷住了他。往年同老太太在城里住，一夜输二万八，头家跟五爷上门来取话，老太太爱面子，怕五爷丢丑，以后见不得人，临时要我们从窖里挖银子，元宝一对一对刨出来，点数给头家。还清了债，笑着向五爷说，‘上当学乖，下不为例。手气不好，莫下注给人当活元宝啃，说张家出报应！’”

“别人说老太太是怄气死的。”

“可不是。花三万块钱挣了一个大面子，有涵养也不能不心疼！明明白白五爷上了人的当，哑子吃黄连，怎不生气？一包气闷在心中，病了四十天，完了，死了。”

“可是五爷为人有孝心，老太太死时，他办丧事做了七七四十九天道场，花了一万六千块钱，谁不知道这件事！都说老太太心好命好，活时享受不尽，死后还带了万千元宝锞子，四十个丫头老妈子照管箱笼，服侍她老人家一路往西天，热闹得比段老太太出丧还人多，执事挽联一里路长。有个孝子尽孝，死而无憾。”

鸭毛伯伯说：

“五爷怕人笑话，所以做面子给人看。因为老太太生前爱面子，五爷又是过房的，一过来就接收偌大一笔产业。老太太如今归天了，五爷花钱再多也应该。花了钱，不特老太太有面子，五爷也有面子。人都以为五爷傻，他才真不傻！若不是花骨头迷心[①]，他有什么可愁的！”

“不多久在城里听说又输了五千。后来想冲一冲晦气，要在潇湘馆给那南花湘妃挂衣[②]，六百块钱包办一切，还是四爷帮他同那老婊子说妥的。不知为什么，五爷自己临时又变卦，去美孚洋行打那三抬一的字牌，一夜又输八百。六百给那花王开苞他不干，倒花八百去熬一夜，坐一夜三顶拐轿子，完事时给人

① 花骨头迷心：花骨头指麻将牌。但这位五老爷是什么牌都赌的，如“字牌”是纸制的，并非“花骨头”。

② 挂衣：花钱使妓女第一次接客的意思。下文“开苞”同。

开玩笑说：谢谢五爷送礼。真气坏了四爷。"

"花脚狗不是白面猫，各有各的脾气。银子到手哗喇哗喇花，你说莫花，这哪成！这些人一事不做偏有钱，钱财像是命里带来的。命里注定它要来，门板挡不住；命里注定它要去，索子链子缚不住。王皮匠捡了锭银子，睡时搂到怀里睡，醒来银子变泥巴。你我是穷人，和黄花姑娘无缘，和银子无缘，就只和酒有点缘分。我们喝完了这碗酒，再喝一碗罢。贵生，同我们喝一碗，都是哥子弟兄，不要拘拘泥泥。"

贵生不想喝酒，捧了一大包板栗子，到灶边去，把栗子放在热灰里煨栗子吃。且告给鸭毛伯伯，五爷要他上山看桐子，今年桐子特别好，过三天就是白露，要打桐子也是时候了。哪一天打，定下日子，他好去帮忙。看五爷还有不有话吩咐，无话吩咐，他回家了。

鸭毛伯伯去见五爷禀白："溪口的贵生已经看过了桐子，山向阳，今年霜降又早，桐子全熟了，要捡桐子差不多了。贵生看五爷还有什么话告他。"

城里来的四爷正同五爷谈卜术相术，说到城里中街一个杨半痴，如何用哲学眼光推人流年吉凶和命根贵贱，把个五爷说的眉飞色舞。听说贵生来了，就要鸭毛叫贵生进来有话说。

贵生进院子里时，担心把五爷地板弄脏，赶忙脱了草鞋，赤着脚去见五爷。

五爷说："贵生，你看过了我们南山桐子吗？今年桐子好得很，城里油行涨了价，挂牌二十二两三钱，上海汉口洋行都大进。报上说欧洲整顿海军，预备世界大战，买桐油漆大战舰，要的油多。洋毛子欢喜充面子，不管国家穷富，军备总不愿落人后。仗让他们打，我们中国可以大发洋财！”

贵生一点不懂五爷说话的用意，只是带着一点敬畏之忱站在堂屋角上。

鸭毛伯伯打圆儿说：“五爷，我们什么时候打桐子？”

五爷笑着：“要发洋财得赶快，外国人既等着我们中国桐油油船打仗，还不赶快一点？明天打后天都好。我要自己去看看，就便和四爷打两只小毛兔玩。贵生，今年南山兔子多不多。趁天气好，明天去罢。”

贵生说：“五爷，您老说明天就明天，我家里烧了茶水，等四爷五爷累了歇个脚。没有事我就走了。”

五爷说：“你回去罢。鸭毛，送他一斤盐两斤片糖，让他回家。”

贵生谢了谢五爷，正转身想走出去，四爷忽插口说：“贵生，你成了亲没有？”一句话把贵生问得不知如何回答，望着这退职军官私欲过度的瘦脸，把头摇着，只是好笑，他想起几句流行的话语：“婆娘婆娘，磨人大王，磨到三年，嘴尖毛长。”

鸭毛接口说：“我们劝他看一门亲事，他怕被女人迷住了，不敢办这件事。”

四爷说：“贵生，你怕什么？女人有什么可怕？你那样子也不是怕老婆的。我和你说，看中了什么人，尽管把她弄进屋里来。家里有个婆娘，对你有好处，你不明白？尽管试试看，不用怕!”

贵生记起刚才在厨房里几个人的谈话，所以轻轻地话：“一个人有一个人的命，勉强不来。”随即同鸭毛走了。

四爷向五爷笑着说：“五爷，贵生相貌不错，你说是不是?”

五爷说：“一个大憨子，讨老婆进屋，我恐怕他还不会和老婆做戏!”

贵生拿了糖和盐回家，绕了点路过桥头杂货铺去看看。到桥头才知道当家的已进城办货去了，只剩下金凤坐在酒坛边纳鞋底。见了贵生，很有情致地含着笑看了他一眼，表示欢迎。贵生有点不大自然，站在柜前摸出烟管打火吸烟，藉此表示从容，“当家的快回来了?”

金凤说：“贵生，你也上城了吧，手里拿的是什么?”

“一斤盐，两斤糖，五老爷送我的。我到围子里去告他们打桐子。”

“你五老爷待人可好?”

“城里四老爷也来了，还说明天要来山上打兔子……”贵生想起四爷先前说的一番话，咕咕地笑将起来。

金凤不知什么好笑，问贵生：“四爷是个什么样人物?”

“一个大军官，听说做过军长、司令官，一生就是欢喜玩，把官也玩掉了。”

“有钱的总是这样过日子，做官的和开铺子的都一样。我们浦市源昌老板，十个大木簰从洪江放到桃源县，一个夜里这些木簰就完了。”

贵生知道这个故事，所以贵生说，“都是女人。”

金凤脸绯红，向贵生瞅着，表示抗议，“怎么，都是女人！你见过多少女人！女人也有好有坏，和你们男子一样，不可一概而论！”

“我不是说你！”

“你们男的才真坏，什么四老爷、五老爷，有钱就是大王，糟蹋人，不当数……”

其时，正有三个过路人，过了桥头到铺子前草棚下，把担子从肩上卸下来，取火吸烟，看有什么东西可吃。买了一碗酒，三人共同用包谷花下酒。贵生预备把话和金凤接下去，不知如何说好。三个人不即走路，他就到桥下去洗手洗脚。过一阵走上来时，见三人正预备动身，其中一个顶年轻的，打扮得像个玩家，很多情似的，向金凤瞟着个眼睛，只是笑。掏钱时故意露出扣花抱肚上那条大银链子，且自言自语说：“银子千千万，难买一颗心。易求无价宝，难得有情郎。”三人走后金凤低下头坐在酒坛上出神，一句话不说。贵生想把先前未完的话接续说下去，无从开口。

到后看天气很好，方说：“金凤，你要栗子，这几天山上油板栗全爆口了。我前天装了个套机，早上去看，一只松鼠正拱起个身子，在那木板上嚼栗子吃，见我来了不慌不忙地一溜跑去，好笑。你明天去捡栗子吧，地下多的是！”

金凤不答理他，依然为刚才过路客人几句轻薄话生气。贵生不大明白，于是又说："你记不记得有一年在我砂地上偷栗子，不是跑得快，我会打断你的手！"

金凤说："我记得，我不跑。我不怕你！"

贵生说："你不怕我，我也不怕你！"

金凤笑着："现在你怕我……"

贵生好像懂得金凤话中的意思，向金凤眯眯笑，心里回答说："我一定不怕。"

毛伙割了一大担草回来了，一见贵生就叫唤："贵生，你不说上山割草吗？"

贵生不理会，却告给金凤，在山上找得一大堆八月瓜，她想要，明天自己去拿，因为明天打桐子，他上山去帮忙，五爷、四爷又说要来赶兔子，恐怕没空闲。

贵生走后毛伙说："金凤，这憨子，人大空心小。"

金凤说："莫乱说，他生气时会打扁你。"

毛伙说："这种人不会生气。我不是锡酒壶，打不扁。"

第二天，天一亮，贵生带了他的镰刀上山去。山脚雾气平铺，犹如展开一片白毯子，越拉越宽，也越拉越薄。远远的看到张家大围子嘉树成荫，几株老白果树向空挺立，更显得围子里正是家道兴旺。一切都像浮在云雾上头，缥缈而不固定。他想围子里的五爷、四爷，说不定还在睡觉做梦，梦里也是五魁八马，白板红中！

可是一会儿田塍上就有马项铃晃啷晃啷响，且闻人语嘈杂，原来五爷、四爷居然赶早都来了。贵生慌忙跑下坡去牵马。来的一共是十二个男女工，四个跟随，还有几个围子里捡荒的小孩子。大家一到地即刻就动起手来，从顶上打起，有的爬树，有的用竹竿啪啪地打，草里泥里到处滚着那种紫红果子。

四爷、五爷看了一会儿，也各捞一根竹竿打了几下，一会儿就厌烦了，要贵生引他们到家里去。家里灶头锅里的水已沸腾，鸭毛给四爷、五爷冲茶喝。四爷见屋角斗笠里那一堆八月瓜，拿起来只是笑。

“五爷，你瞧这像个什么东西?”

“四爷，你真是孤陋寡闻，八月瓜也不认识。”

“我怎么不认识？我说它简直像……”

贵生因为预备送八月瓜给金凤，耳听到四爷说了那么一句粗话，心里不自在，顺口说道：

“四爷、五爷欢喜，带回去吃罢。”

五爷取了一枚，放在热灰里煨了一会儿，捡出来剥去那层黑色硬壳，挖心吃了。四爷说那东西腻口甜不吃，却对于贵生家里一支钓鱼竿称赞不已。

四爷因此从钓鱼谈起，溪里，河里，江里，海里以及北方芦田里钓鱼的方法如何不同，无不谈到。忽然一个年轻女人在篱笆边叫唤贵生，声音又清又脆。贵生赶忙跑出去，一会儿又进来，抱了那堆八月瓜走了。

四爷眼睛尖，从门边一眼瞥见了那女的白手帕，大而乌光的发辫，问鸭毛“女人是谁”。鸭毛说：“是桥头上卖杂货浦市人的女儿。内老板去年热天回娘家吃喜酒，在席面上害蛇钻心病死掉了，就只剩下这个小毛头，今年满十六岁，名叫金凤。其实真名字倒应当是‘观音’！卖杂货的大约看中了贵生，又憨又强一个好帮手，将来会承继他的家业。贵生倒还拿不定主意，等风向转。真是白等。”

四爷说：“老五，你真是宣统皇帝，住在紫禁城傻吃傻喝，围子外什么都不知道。山清水秀的地方一定地贵人贤，为什么不……”

鸭毛搭口说：“算命的说女人八字重，克父母，压丈夫，所以人都不敢动她。贵生一定也怕克……”正说到这里，贵生回来了，脸庞红红的，想说一句话可不知说什么好，只是搓手。

五爷说：“贵生，你怕什么？”

贵生先不明白这句话意思所指，茫然答应说：“我怕精怪。”

一句话引得大家笑将起来，贵生也笑了。

几人带了两只瘦黄狗，去荒山上赶兔子，半天毫无所得。晌午时又回转贵生家过午。五爷问长工今年桐子收多少，知道比往年好，就告给鸭毛，分三担桐子给贵生酬劳，和四爷骑了马回围子去了。回去本不必从溪口过身，四爷却出主张，要五爷同他绕点路，到桥头去看看。在桥头杂货铺买了些吃食东西，和那生意人闲谈了好一阵，也好好地看了金凤几眼，才转回围子。

回到围子里四爷又嘲笑五爷，以为在围子里做皇帝，真正是不知民间疾苦。话有所指，五爷明白意思。

五爷说："四爷你真是，说不得一个人还从狗嘴里抢肉吃。"

四爷在五爷肩头打了一掌说："老五，别说了。我若是你，我就不像你，一块肥羊肉给狗吃。你不看见：眉毛长，眼睛光，一只画眉鸟，打雀儿！"

五爷只是笑，再不说话。一个人有一个人的分定，五爷欢喜玩牌，自己老以为输牌不输理，每次失败只是牌运差，并非功夫不高。五爷笑四爷见不得女人，城市里大鱼大肉吃厌了，注意野味。

这方面发生的事贵生自然全不知道。

贵生只知道今年多得了三担桐子，捡荒还可得两三担，家里有五六担桐子汇在床底下，一个冬天夜里够消磨了。

日月交替，屋前屋后狗尾巴草都白了头在风里摇。大路旁刺梨一球球黄得像金子，已退尽了涩味，由酸转甜。贵生上城卖了十多回草，且卖了几篮刺梨给官药铺，算算日子，已是小阳春的十月了。天气转暖了一点，溪边野桃树有开花的。杂货铺一到晚上，毛伙就地烧一个树根，火光熊熊，用意像在向邻近住户招手，欢迎到桥头来，大家向火谈天。在这时节牲畜草料都上了垛，谷粮收了仓，红薯也落了窖，正好是大家休息休息的时候，所以日里晚上都有人在那里。晚上尤其热闹，因为间或还有告假回家的兵士和大兴场贩朱砂的客人到杂货铺来述说省里新闻，天上地下说来无不令众人神往意移。

贵生到那里，照例坐在火旁不大说话，一面听他们说话，一面间或瞟金凤一眼。眼光和金凤眼光相接时，血行就似乎快了许多。他也帮杜老板做点小事，也帮金凤做点小事。落了雨，铺子里他是唯一客人时，就默默地坐在火旁吸旱烟，听杜老板在美孚灯下打算盘滚账，点数余存的货物。贵生心中的算盘珠也扒来扒去，且数点自己的家私。他知道城里的油价好，二十五斤油可换六斤棉花两斤板盐。他今年有好几担桐子，真是一注小财富！年底鱼呀肉呀全有了，就只差个人。有时候那老板把账结清了，无事可做，便从酒坛间找出一本红纸面的文明历书，来念那些附在历书下的“酬世大全”“命相神数”。一排到金凤八字，必说金凤八字怪，斤两重，不是“夫人”就是“犯人”，克了娘不算过关，后来事情多。金凤听来只是抿着嘴笑。

或者正说起这类事，那杂货铺老板会突然发问：“贵生，你想不想成家？你要讨老婆，我帮你忙。”

贵生瞅着面前向上的火焰说：“老板，你说真话假话？谁肯嫁我！”

“你要就有人。”

“我不信。”

“谁相信天狗咬月亮？你尽管不信，到时天狗还是把月亮咬了，不由人不信。我和你说，山上竹雀要母雀，还自己唱歌去找。你得留点心，学‘归归红，归归红’‘婆婆酒醉，婆婆酒醉归’[①]！”

---

① 这两句唱词指的是杜鹃和竹雀的鸣叫声（作者注）。

话把贵生引到路上来了，贵生心痒痒的，不知如何接口说下去，于是也学杜鹃叫了几声。

毛伙间或多插一句嘴，金凤必接口说：“贵生，你莫听癞子的话，他乱说。他说会装套捉狸子，捉水獭，在屋后边装好套，反把我那只花猫捉住了。”金凤说的虽是毛伙，事实却在用毛伙的话，岔开那杜掌柜提出的问题。

半夜后，贵生晃着个火把走回家去，一面走一面想，卖杂货的也在那里装套，捉女婿，不由得不咕咕笑将起来。一个存心装套，一个甘心上套，事情看来也就简单。困难不在人事在人心。贵生和一切乡下人差不多，心上也有那么一点儿迷信。女的脸儿红中带白，眉毛长，眼角向上飞，是个“克”相。不克别人得克自己，到十八岁才过关！因这点迷信他稍稍退后了一步，杂货商人装的套不灵，不成功了。可是一切风总不会老向南吹，终有个转向时。

一天落大雨，贵生留在家里搓了几条草绳子，扒开床下沤的桐子看看，色已变黑，就倒了半箩桐子剥，一面剥桐子一面却想他的心事。不知哪一阵风吹换了方向，他忽然想起事情有点儿险。金凤长大了，心窍子开了，毛伙随时都可以变成金凤的人。此外在官路上来往卖猪攀乡亲的浦市人，上贵州省贩运黄牛收水银的辰州客人，都能言会说，又舍得花钱，在桥头过身，有个见花不采？闪不知把女人拐走了，那才真是“莫奈何”！人总是人，要有个靠背，事情办好大的小的就都有了靠背了。他想的自然简单一点，粗俗一点，但结论却得到了，就是热米打粑粑，一切得趁早，再耽误不得。

他预备第二天上城去同那舅舅商量商量。

贵生进城去找他的舅舅。恰好那大户人家正办席面请客，另外请得有大厨子掌锅，舅舅当了二把手，在门板上切腰花。他见舅舅事忙，就留在厨房帮同理葱剥毛豆。到了晚上，把席面撤下时，已经将近二更，吃了饭就睡了。第二天那家主人又要办什么婆婆粥，鱼呀肉呀煮了一锅，又忙了一整天，还是不便谈他的事情。第三天舅舅可累病了。贵生到测字摊去测字，为舅舅拈的是一个“爽”字，自己拈了一个“回”字。测字的说：“人逢喜事精神爽，若问病，有喜事病就会好。”又说：“回字喜字一半，吉字一半，可是言字也是一半。”要办的事赶早办好，迟了恐不成。他觉得话有道理。

回到舅舅身边时，就说他想成亲了，溪口那个卖杂货的女儿身家正派，为人贤惠，可以做他的媳妇。她帮他喂猪割草好，他帮她推磨打豆腐也好。只要他开口，可拿定七八成。掌柜的答应了，有一点钱就可以趁年底圆亲，多一个人吃饭，也多一个人补衣捏脚，有坏处，有好处，特来和舅舅商量商量。

那舅舅听说有这种好事，岂有不快乐道理。他连年积下了二十块钱，正拿不定主意，不知道把它预先买副棺木好，还是买几只小猪托人喂好。一听外甥有意接媳妇，且将和卖杂货的女儿成对，当然一下就决定了主意，把钱“投资”到这件事上来了。

“你接亲要钱用，我帮你一点钱。”厨子起身把存款全部从床脚下泥土里掏出来后，就放在贵生面前，“你要用，你拿去用。将来养了儿子，有一个算我的小孙子，逢年过节烧三百钱纸，就成了。”

贵生吃吃地说：“我不要那么些钱，开铺子的不会收我财礼的！”

“怎么不要？他不要你总得要。说不得一个穷光棍打虎吃风，没有吃时把裤带紧紧。你一个人草里泥里都过得去，两个人可不成！人都有个面子，讨老婆就得养老婆，养孩子，不能靠桥头杜老板，让人说你吃裙带饭。钱拿去用，舅舅的就是你的。”

两人商量好了，贵生上街去办货物。买了两丈官青布，两丈白布，三斤粉条，一个猪头，又买了些香烛纸张，一共花了将近五块钱。东西办好，贵生高高兴兴带了东西回溪口。

出城时碰到两个围子里的长工，挑了箩筐进城，贵生问他们赶忙进城有什么要紧事。

一个长工说：“五爷不知为什么心血来潮，派我们办货！好像接媳妇似的，开了好长一张单子，一来就是一大堆！”

贵生说：“五爷也真是五爷，人好手松，做什么事都不想想。”

“真是的，好些事都不想想就做。”

“做好事就升天成佛，做坏事可教别人遭殃。”

长工见贵生办货不少，带笑说：“贵生，你样子好像要还愿，莫非快要请我们吃喜酒了？”

另一个长工也说："贵生，你一定到城里发了洋财，买那么大一个猪头，会有十二斤罢。"

贵生知道两人是打趣他，半认真半说笑地回答道："不多不少，一个猪头三斤半，正预备焖好请哥们喝一杯！"

分手时一个长工又说："贵生，我看你脸上气色好，一定有喜事不说，瞒我们。"

几句话把贵生说的心里轻轻松松的。

贵生到晚上下了决心，去溪口桥头找杂货铺老板谈话。到那里才知道杜老板不在家，有事去了。问金凤父亲什么地方去了，什么时候回来，金凤却神气淡淡地说不知道。转问那毛伙，毛伙说老板到围子里去了，不知什么事。贵生觉得情形有点怪，还以为也许两父女吵了嘴，老的赌气走了，所以金凤不大高兴。

他依然坐在那条矮凳上，用脚去拨那地炕的热灰，取旱烟管吸烟。

毛伙忍不住忽然失口说："贵生，金凤快要坐花轿了！"

贵生以为是提到他的事情，眼瞅着金凤说："不是真事吧？"

金凤向毛伙盯了一眼："癞子，你胡言乱说，我缝你的嘴！"

毛伙萎了下来，向贵生憨笑着："当真缝了我的嘴，过几天要人吹唢呐可没人。"

贵生还以为金凤怕难为情，把话岔开说："金凤，我进城了，在我舅舅那里住了三天。"

金凤低着个头，神气索寞地说："城里好玩！"

“我去城里有事情。我和舅舅打商量……”他不知怎么说下去好，于是转口向毛伙，“围子里五爷又办货要请客人。”

“不止请客……”

毛伙正想说下去，金凤却借故要毛伙去瞧瞧那鸭子栅门关好了没有。

坐下来总像是冰锅冷灶的。杜老板很久还不回来，金凤说话要理不理。贵生看风头不大对，话不接头。默默地吹了几筒烟，只好走了。

回到家里从屋后搬了一个树根，捞了一把草，堆地上烧起来，捡了半箩桐子，在火边用小剜刀剥桐子。剥到深夜，总好像有东西咬他的心，可说不清楚是什么。

第二天正想到桥头去找杂货商人谈话，一个从围子里来的人告他说，围子里有酒吃，五爷纳宠，是桥头浦市人的女儿。已看好了日子，今晚进门，要大家杀黑前去帮忙，抬轿子接人！听到这消息，贵生好像头上被一个人重重地打了一闷棍，呆了半天转不过气来。

那人走后，他还不大相信，一口气跑到桥头杂货铺去，只见杜老板正在柜台前低头用红纸封赏号。

那杂货铺商人一眼见是贵生，笑眯眯地说：“贵生，你到什么地方去了？好几天不见你，我们还以为你做薛仁贵当兵去了。”

贵生心想：“我还要当土匪去！”

杂货铺商人又说：“你进城好几天，看戏了罢。”

贵生站在外边大路上结结巴巴地说："大老板，大老板，听人说你家有喜事，是真的吧?"

杜老板举起那些小包封说："你看这个。"一面只是笑，事情不言而喻。

贵生听桥下有人捶衣，知道金凤在桥下洗衣，就走近桥栏杆边去，看见金凤头上孝已撤除，一条乌光辫子上簪了一朵小小红花，正低头捶衣。贵生说："金凤，你有大喜事，贺喜，贺喜!"金凤头也不抬，停了捶衣，不声不响。贵生从神情上知道一切都是真的，自己的事情已完全吹了，完了，一切都完了。再说不出话，对那老板狠狠看了一眼，拔脚走了。

晚半天，贵生依然到围子里去。

贵生到围子里，睹见五老爷穿了件春绸薄棉袍子，外罩件蓝缎子夹马褂，正在院子里督促工人扎喜轿，神气异常高兴。五爷一见贵生就说："贵生，你来了，很好。吃了没有?厨房里去喝酒罢。"又说："你生庚属什么?属龙晚上帮我抬轿子，过溪口桥头上去接新人。属虎就不用去，到时避一避!"

贵生呆呆怯怯地说："我属虎，八月十五寅时生，犯双虎。"说后依然如平常无话可说时那么笑着，手脚无放处。看五爷分派人做事，扎轿杆的不当行，走过去帮了一手忙。到后五爷又问他喝了没有，他不作声。鸭毛伯伯换了一件新毛蓝布短衣，跑出来看轿子，见到贵生，就拉着他向厨房走。

厨房里有五六个长工坐在火旁矮板凳上喝酒，一面喝一面说笑。因为都是派定过溪口上接亲的人，其中有个吹唢呐的，脸喝得红嘟嘟的，说："杜老板平时为人慷慨大方，到那里时一定请我们吃城里带来的嘉湖细点，还有包封。"

另一个长工说："我还欠他二百钱，记在水牌上，真怕见他。"

鸭毛伯伯接口打趣他："欠的账那当然免了，你抬轿子小心点就成了。"

一个毛胡子长工说："你们抬轿子，看她哭多远，过了大青树还像猫儿那么哭，要她莫哭了，就和她说，大姐，你再哭，我就抬你回去！她一定不敢再哭。"

"她还是哭你怎么样?"

"我当真抬她回去。"

所有人都哄然大笑起来。

吹唢呐的会说笑话，随即说了一个新娘子三天回门的粗糙笑话，装成女子的声音向母亲诉苦："娘，娘，我以为嫁过去只是服侍公婆，承宗接祖，你哪想到小伙子人小心坏，夜里不许我撒尿!"大家更大笑不止。

贵生不作声，咬着下唇，把手指骨捏了又捏，看定那红脸长鼻子，心想打那家伙一拳。不过手伸出去时，却端起了土碗，咕嘟嘟喝了半碗烧酒。

几个长工打赌，有的以为金凤今天不会哭，有的又说会哭，还说看那一双水汪汪的眼睛就是会哭的相。正乱着，院中另外那几个扎轿子的也来到厨房，人一多话更乱了。

贵生见人多话多，独自走到仓库边小屋子里去。见有只草鞋还未完工，就坐下来搓草编草鞋。心里实在有点儿乱，不知道怎么好。身边还有十六块钱，紧紧地压在腰板上。他无头无绪想起一些事情。三斤粉条，两丈官青布，一个猪头，有什么用？五斛桐子送到姚家油坊去打油，外国人大船大炮到海里打大仗，要的是桐油。卖纸客人做眉弄眼，“易求无价宝，难得有情郎”，有情郎就来了。四老爷一个月玩八个辫子货，还说妇人身上白得像灰面，无一点意思。你个做官的！……

看看天已快夜了。

院子里人声嘈杂，吹唢呐的大约已经喝个六分醉，把唢呐从厨房吹起，一直吹到外边大院子里去。且听人喊燃火把放炮动身。两面铜锣镗镗地响着，好像在说，我们走，我们走，我们快走！不一会儿，一队人马果然就出了围子向南走去了。去了许久还可听到接亲队伍傍着小山坡边走去时那一点唢呐呜咽声音。贵生过厨房去看看，只见几个女的正在预备汤果。鸭毛伯伯见贵生就说：“贵生，我还以为你也去了。帮我个忙挑几担水罢。等会儿还要水用。”

贵生担起水桶一声不响走出去。院子里烧了几堆油柴，正屋里还点了蜡烛，挂了块红。住在围子里的佃户人家妇女小孩都站在院子里，等新人来看热闹。贵生挑水走捷径必从大门出进，却宁愿绕路，从后门走。到井边挑了七担水，看看水平了缸，才歇手过灶边去烘草鞋。

阴阳生排八字女的属鼠，宜天断黑后进门，为免得与家中人不合，凡家中命分上属大猫小猫到轿子进门时都得躲开。鸭毛伯伯本来应当去打发轿子接人的。既得回避，因此估计新人快要进围子时，就邀贵生往后面竹园子去看白菜萝卜，一面走一面谈话。

“贵生，一切真有个命定，勉强不来。看相的说邓通是饿死的相，皇帝不服气，送他一座铜山，让他自己造钱，到后还是饿死。城里王财主，原本挑担子卖饺饵营生，气运来了，住身在那个小庙里，墙倒塌了，两夫妇差点儿压死，待到两人从泥灰里爬出来一看，原来墙里有两坛银子，从此就起了家……不是命是什么！桥头上那杂货铺小丫头，谁料到会做我们围子里的人？五爷是读书人，懂科学，平时什么都不相信，除了洋鬼子看病，照什么‘挨挨试试’光，此外都不相信。上次进城一输又是两千，被四爷把心说活了。四爷说：‘五爷，你玩不得了，手气痞，再玩还是输。找个‘原汤货’来冲一冲运气看，保准好。城里那些毛母鸡，谁不知道用猪肠子灌鸡血，到时假充黄花女。乡下有的是人，你想想看。’五爷认真了，凑巧就看上了那杂货铺女儿，一说就成，不是命是什么。”

贵生一脚踹到一个烂笋瓜上头，滑了一下，轻轻地骂自己：“鬼打岔，眼睛不认货！”

鸭毛伯伯以为话是骂杜老板女儿，就说：“这倒是认货不认人！”

鸭毛伯伯接着又说：“贵生，说真话，我看杂货铺杜老板和那丫头先前对你倒很有心，旁观者清，当局者迷，你还不明白。其实只要你好意思亲口提一声，天大的事定了。天上野鸭子各处飞，捞到手的就是菜，二十八宿闹昆阳，阵势排好了，先下手为强，后下手遭殃。你不先下手，怪不得人！”

贵生说：“鸭毛伯伯，你说的是笑话。”

鸭毛伯伯说：“不是笑话！一切是命，半点不由人。十天以前，我相信那小丫头还只打量你同她俩在桥头推磨打豆腐！”说的当真不是笑话，不过说到这里，为了人事无常，鸭毛伯伯却不由得不笑起来了。

两人正向竹园坎上走去，上了坎，远远已听到唢呐呜呜咽咽的声音，且听到炮竹声，就知道新人的轿子来了。围子里也骤然显得热闹起来。火炬都点燃了，人声杂遝。一些应当避开的长工，都说说笑笑跑到后面竹园来，有的还毛猴一样爬上大南竹去眺望，看人马进了围子没有。

唢呐越来越近，院子里人声杂乱起来了，大家知道花轿已进营盘大门，一些人先虽怕冲犯，这时也顾不得了，都赶过去看热闹。

三声大炮放过后，唢呐吹“天地交泰”，拜天地祖宗，行见面礼，一会儿唢呐吹完了，火把陆续熄了，鸭毛伯伯知道人已进门，事已完毕，拉了贵生回厨房去，一面告那些拿火把的人小心火烛。厨房里许多人都在解包封，数红纸包封里的赏钱，争着倒热水到木盆里洗脚，一面说起先前一时过溪口接人，杜老板发亲时如何慌张的笑话。且说杜老板和癞子一定都醉倒了，免得想起女儿今晚上事情难受。鸭毛伯伯重新给年轻人倒酒，把桌面摆好，十几个年轻长工坐定时，才发现贵生已溜了。

半夜里，五爷正在雕花板床上细麻布帐子里拥了新人做梦，忽然围子里所有的狗都狂叫起来。鸭毛伯伯起身一看，天角一片红，远处起了火。估计方向远近，当在溪口边上，一会儿有人急忙跑到围子里来报信，才知道桥头杂货铺烧了，同时贵生房子也走了水。一把火两处烧，十分蹊跷，详细情形一点不明白。

鸭毛伯伯匆匆忙忙跑去看火，先到桥头，火正壮旺，桥边大青树也着了火，人只能站在远处看。杜老板和癞子是在火里还是走开了，一时不能明白。于是又赶过贵生处去，到火场近边时，见有好些人围着看火，谁也不见贵生，人是烧死了还是走了，说不清楚。鸭毛用一根长竹子向火里捣了一阵，鼻子尽嗅着，人在火里不在火里，还是弄不出所以然。人老成精，他心中明白这件事，火是怎么起的，一定有个原因。转围子时，半路上正碰着五爷和那新姨。五爷说："人烧坏了吗？"

鸭毛伯伯结结巴巴地说："这是命，五爷，这是命。"回头见金凤正哭着，心中却说："丫头，做小老婆不开心？回去一索子吊死了吧，哭什么？"

几人依然向起火处跑去。

一九三七年三月作，五月改作于北平

【赏析】

这是一个悲剧，但沈先生有意写得很轻松。

贵生是一个知足的人，活得无忧无虑。他认为什么都很有意思。土坎上的芭茅草开着白花，在风里摇，仿佛向人招手，说："来，割我，乘天气好磨快了你的刀，快来割我，挑进城里去，捌百钱担，换半斤盐好，换一斤肉也好，随你的意！"

贵生打算结亲了，他做了一点简单而又平常的梦：把金凤接过来，他帮她割草喂猪，她帮他在桥头打豆腐。就是这点简单平常的梦，也被五老爷打破了。

这篇小说的特点是人物比较多，对话也比较多。长工、仆人一边喝酒，一边闲聊。他们所说的话题除了一些关于新娘子出嫁的粗俗笑话之外，主要是对"命"的看法。四爷的狂嫖，五爷的滥赌，他们都认为是命里带来的。鸭毛伯伯对"命"有一番精辟议论："花脚狗不是白面猫，各有各的脾气。银子到手哗喇哗喇花，你说莫花，这哪成！这些人一事不做偏有钱，钱财像是命里带来的。命里注定它要来，门板挡不住；命里注定它要去，索子链子缚不住。……你我是穷人，和黄花姑娘无缘，和银子无缘，就只和酒有点缘分。我们喝完了这碗酒，再喝一碗罢。"

这些长工佣人不明白他们的命为什么不好，这是谁造成的，能不能把自己的命改变改变，怎样改变？